지극함을 위하여

: 끝에서 시작으로

지극함을 위하여

: 끝에서 시작으로

전미홍 연작소설

차례

지극함을 위하여

남는 건 멋진 동작이 아니라,
멈추지 않는 움직임이야.

아홉 명의 무용수가 꽃처럼 얽혀 무대를 채웠다. 팔은 유려하게 뻗어 공중을 가르고, 회전하는 선들이 음악에 실려 공간을 휘돌았다. 리듬이 가속되자, 무대는 팽창하듯 넓어지고, 춤의 궤적은 빛을 따라 흐르며 공간을 조율했다.

"Stop!" 단호한 외침이 스피커를 타고 무대를 덮쳤다. 떠 있던 손은 그대로 멈췄고, 꺾인 허리와 뒤틀린 몸들이 무중력 속에서 얼어붙었다. 흐름은 단숨에 끊겼고, 일사불란하던 균형은 기이한 형태로 전환되었다. 관객은 숨을 삼킨 채, 무대를 응시했다. 그 정적 속에 유령처럼 서 있는 무용수들의 자세는 우스꽝스럽고도 초현실적이었다.

그중 한 사람이 균형을 잃고 오케스트라 피트로 떨어졌다. 객석은 잠깐 술렁였지만, 이내 정적 속에 가라앉았다. 모든 것이 정지된 듯, 다음 순간을 기다렸다.

"Continue!" 외침이 고요를 찢고, 다시 음악이 흐르기 시작했다. 멈췄던 선들이 다시 이어지고, 무대는 숨을 되찾았다.

몇 번의 정지와 재시작이 지나고, 무대의 흐름은 예측 불가능하게 갈라졌다. 무용수들은 가속과 감속, 회전과 멈춤 사이를 넘나들며 몸으로 시공간을 재구성했다. 하나의 몸짓이 사라지기 전에 다른 동작이 스치듯 이어졌고, 관객은 각자의 호흡으로 그 끊김 없는 파열을 따라가고 있었다.

그러던 중, 무대 중앙에 단 하나의 몸이 조명을 받았다. 후였다. 그녀는 어떤 동작도 취하지 않은 채 서 있었다. 좁혀진 조명의 원 안에 고요히 선 그녀는, 그 자체로 무대의 중심이 되었다.

다시 음악이 흐르자, 후는 천천히 팔을 들어 올렸다. 공기를 더듬듯, 혹은 잊고 있던 선 하나를 따라가는 듯한 몸짓이었다. 그 움직임을 완전히 이해하지 못하는 이도 있었지만, 대부분은 침묵했다. 숨소리마저 그녀의 리듬에 동화된 채 관객은 무언의 서사를 따라갔다.

마지막 자세를 취했을 때, 조명이 서서히 꺼졌다. 정적이 다시 무대를 감쌌다. 이번 정적은 끝이 아니라, 막 시작된 울림이었다. 사라지지 않고 남은 어떤 감각—후의 몸짓은 말보다 먼저, 감정보다 깊은 층위에서 관객의 마음속에 자리 잡고 있었다.

무대 밖에서, 누군가가 천천히 숨을 들이마셨다. 이내 길고 묵직한 박수가 터졌고, 환호가 객석을 채우기 시작했다. "Bravo, Encore" 외침이 벽을 타고 번졌다. 흔들림 없이 중심을 이룬 그 한 사람이, 이제 관객들의 숨결 속에 새겨지는 순간이었다.

커튼콜이 끝나고도, 후는 조명 아래 멈춰있었다. 그 무대는 단순한 미학적 공간이 아니었다. 몸으로 사회를 밀어내는 자의 자리였으며, 그녀의 침묵은 가장 깊은 발언이었다.

후는 관객을 바라보며 무용수들의 동작을 머릿속에서 되짚었다. 그들 모두의 몸은 불확실한 현실과 싸우고 있었다. 소속이 사라진 팀, 짧은 계약, 연습 없는 극장, 그리고 무대 위에 오르기까지의 불투명한 과정들.

처음 이 공연을 준비하던 때도 떠올랐다. "가장 새롭고, 가장 깊이 있는 춤을 보여달라." 몇 달 전 감독의 제안이었다. 여느 때의 안무와는 달랐다. 그녀는 그 제안을 하나의 서사로 받아들였고, 새로운 도전으로 여겼다.

움직임, 멈춤이란 상반된 상태에서 동일성을 찾는 춤은 관객을 사로잡았다. 화려하게 흐르던 율동이 갑작스레 멈추는 순간, 사람들은 자신을 마주했다. 내면 깊숙한 곳에서 묻혀 있던 무언가가 꿈틀거리기 시작했다. 흔들리는 감각과 그 너머의 나—그 둘이 하나인지 아닌지를 확인하는 시간. 그 찰나의 충돌은 그들 안에서 새로운 감각을 열었다.

어떤 이는 연민을 느꼈고, 어떤 이는 벅찬 기쁨에 휩싸였다. 눈물이 차오른 이도 있었고, 명료함에 침묵하는 이도 있었다. 감정의 파편들이 하나로 모이며, 그 자각은 평화라 할 수 있는 순간을 만들어냈다.

후는 알았다. 그 평화는 잠깐이었고, 그들이 돌아갈 일상에는 다시 침묵과 속도가 뒤엉켜 있다는 것을. 무대는 세상의 리듬을 잠시 멈추게 했고, 그 틈에서 사람들은 자기 자신을 잠깐 확인했을 뿐이었다.

처음엔 확신하지 못했다. 관객에게 내면의 각성을 일으키게 하는 것—그건 안무의 경계를 넘어선 일이었다.

명상 수련자들이 말하는 자아의 본질에 닿는 것, 그 감각을 움직임으로 구현하는 것이 가능하다면, 춤은 예술을 넘어 존재의 근원으로 향하는 통로가 될 수 있었다.

그리고 지금, 후는 그 통로를 찾은 듯했다. 관객의 반응을 확인하면서, 그녀는 비로소 숨을 길게 내쉬었다. 마음 깊은 곳에서부터 울리는 안도였다.

*

'그래, 만나야 해. 직접 보고 확인해야 해.'

로는 그렇게 되뇌면서도 혼란스러웠다. 후를 만나는 건 간단한 일이 아니었다. 디에게 말해야 할까? 아니면 그냥 넘어갈까? 어느 쪽이든, 후의 초상화를 그리는 일을 디가 알게 되면 감정의 균열을 초래할 수도 있었다. 디는 무심한 듯했지만, 로는 자신의 속내가 그에게 들킬까 봐 두려웠다.

그렇다고 몰래 만나는 일은 더 찜찜했다. 디는 후의 연인이었고, 로에겐 가장 오랜 친구였다. 애써 도덕적인 선을 그으려 했지만, SUV의 방향은 이미 후의 스튜디오를 향하고 있었다. 결심이 따라잡기 전에, 바퀴는 이미 속도를 올리기 시작했다.

연습실 앞에 다다랐을 때, 로는 잠시 멈칫했다. 자동문 너머로 음악이 새어 나왔다. 그는 문에 난 작은 창을 통해 안을 들여다봤다. 후가 혼자 춤을 추고 있었다.

회색 티셔츠와 검정 조거 팬츠. 그녀의 팔다리는 게처럼 힘차게 뻗었고, 둥글게 몸을 말며 바닥을 스쳤다. 거울 앞에 서서 같은 동작을 수없이 반복하며 연습에 골몰했다. 반복된 동작 사이로, 그녀는 관객이 볼 수 없는 몸의 언어를 탐색하는 중이었다.

차츰 기억이 되살아났다. 로가 후의 연습을 처음 본 건 그녀가 졸업 무용제를 준비하던 무렵이었다. 학교 무용실에서, 신들린 듯 춤에 몰두하던 그녀를 훔쳐보았던 그날. 십여 년이 흘렀지만, 설렘은 지금도 선명했다.

"흔적보다 흐름에 가까워지고 싶어. 그냥 흘러가게 두는 게 더 진짜 같아."

연습을 마친 뒤 누군가의 질문에 후가 진지한 얼굴로 털어놓듯 말했었다.

로는 공연하는 춤과 연습하는 춤이 다르다는 걸 그때 처음 알았다. 무대에서는 보이지 않는 디테일이, 지금 그녀의 몸 안에서 살아 움직이고 있었다. 춤은 순간이 아니라, 사라졌다가 반복 속에서 되살아나는 유령 같은 선율이었다. 국립무용단원으로 첫 공연을 마친 후와 디, 셋이 함께했던 장면이 떠올랐다.

"공연이 시작되면, 시간도, 공간도 사라져. 남는 건… 오로지 움직임뿐이야."

"그건 영혼으로 춤추기 때문이야."

공연의 감흥에 줄곧 빠져 있던 디가 후의 말에 시인다운 투로 대꾸했다. 그러자 후는 잠시 눈을 감았다. 그 말이 그녀의 마음을 건드린 듯했다.

"디, 너도 그렇게 생각해? 난 아름다움에는 영혼이 담겼다고 봐. 아름다움은 죽지 않고 반드시 어딘가에 남아있거든. 난 내 춤이 사람들에게 영혼을 준다고 믿고 있어."

후가 디의 말에 반색하자, 디는 즉시 입을 다물었다. 그녀의 환한 표정은 디에게 동의가 아닌 자신을 초월한 확신처럼 느껴졌다. 말하고 싶던 마음이, 갑자기 멈칫했다.

"그렇지만 말이야…."

디가 천천히 입을 뗐다.

"던컨은 예세닌에게 춤도 사라지지 않는다고 했지. 연인이었던 예세닌이 시는 영원히 남지만, 무용은 사라진다고 했으니까."

후는 고개를 끄덕였다.

"알아. 둘은 함께 살면서도 끊임없이 장르를 가지고 다퉜다지. 그렇지만 디, 춤은 말보다 더 깊은 지점을 건드릴 수 있어."

두 사람은 마치 던컨과 예세닌이 다시 살아난 듯, 시와 무용에 대한 논쟁을 끝없이 이어갔다. 듣고만 있던 로가 참지 못하고 끼어들었다.

"현대무용 하면 던컨을 빼놓을 수 없다는 것쯤은 나도 알겠어. 그런데 가끔 발레랑 현대무용이 뭐가 다른지 헷갈릴 때가 있어. 고대 이집트 회화나 그리스 조각에 나오는 무희들 동작은 발레 같기도 하고, 현대무용 같기도 하단 말이지."

"그건 당연한 거야, 로."

후가 눈을 반짝이며 이야기했다.

"안무가에 따라 춤은 달라지니까. 발레에도 힙합이나 비보잉이 들어갈 수 있고, 현대무용에서도 다양한 장르가 혼합되곤 해. 춤의 경계를 나누는 것 자체가 무의미하게 느껴질 때가 많아."

후는 잠시 침묵 속에서, 이 공간에 깃든 무게에 잠겼다. 춤은 단순한 동작이 아니라, 존재를 증명해야 하는 싸움이었다.

"창작은 자유로워야 해. 하지만 현실은 그렇지 않지. 소속이 없는 무용가는 공연장을 빌릴 수도 없고, 자금이 끊긴 무용단은 언제든 해산돼. 창작자는 무대를 얻기 위해 먼저 자신을 입증해 내야 해. 움직임은 표현이 아니라, 버티기 위한 최후의 언어가 되어가고 있으니까."

로는 침묵했다. 후의 말은 '몸의 언어'가 아닌, '버텨내는 몸'을 통해 예술을 말하고 있었다. 그녀는 리듬을 따라 움직이는 자가 아니라, 리듬을 창조하는 자였다. 예술가이기 이전에, 몸으로 버티는 노동자였다.

후가 로에게 눈길을 주며 계속 얘기하자, 디는 그녀의 웃음이 불편해졌다. 디의 시선이 잠시 로를 스쳤다. 말은 없었지만, 그 안엔 무언의 경고가 담겨 있었다. 무용에 대한 그녀의 열정은 지칠 줄 몰랐고, 말은 더 단단하게 이어졌다. 백 년이 지나도 니진스키만큼 실험적이고 독창적인 무용가는 없을 거라는 확신, 그가 안무한 <목신의 오후>를 복원한 영상이 있다는 언급까지 쉴 새 없이 쏟아냈다. 그들의 대화는 춤과 시, 존재와 표현의 경계를 넘나들며 이어졌다.

디는 그녀의 열정이 부럽기도 하고, 아득하기도 했다. 자신은 더 이상 그렇게 말할 수 없다는 걸 조용히 받아들이고 있었기에. 반면, 로는 후의 말에 빠져들면서도, 디의 침묵이 점점 무겁게 느껴졌다.

"혹시 그 동영상 봤어?"

후가 두 사람을 번갈아 바라보며 묻자, 로는 디를 따라 고개를 저었다. 그녀는 기다렸다는 듯 말에 힘을 실었다.

"난 <목신의 오후>를 보고 진짜 춤을 시작했어."

그녀의 말은 점점 더 빛을 품었다. 디와 로는 그녀의 말보다, 그 말에 물든 그녀의 얼굴이 더 눈부셨다.

홀 안을 들여다보던 로의 귀에 발소리가 들렸다. 여자들의 수다 섞인 음성이 계단을 타고 올라오고 있었다. 그는 당황하며 커다란 몸을 위층 복도로 숨겼다.

"Stop!"

순간, 디는 온몸이 얼어붙었다. 어깨로 떨어진 그 소리는, 인도 수행 중 맞았던 죽비의 충격을 그대로 되살렸다. 숨이 막히며, 어깨의 통증은 그때처럼 선명했다.

그 외침은 공허한 소리가 아니었다. 그것은 기억의 심연을 가르는 파문이었다. 디에게는 가장 극단적인 깨달음의 순간을 되살리는 자극이었다. 선 수련 중 마주했던 그 감각—앞과 뒤, 시간과 공간이 흐려진 자리에 오직 '지금'만이 존재하던 그 순간.

그 한마디는 디를 다시 무중력의 세계로 데려갔다. 어떤 생각도, 어떤 감정도, 그 명령 앞에서는 저절로 사라졌다. 반복되던 행위는 멎고, 몸은 유령처럼 텅 비었다. 그는 고요한 공간 속으로 빨려 들어갔다.

그 모든 것이 멎은 뒤, 실체는 더 이상 육체나 감정이 아니었다. 디는 자신을 바라보는 듯했지만, 그것은 자기 너머에서 자신을 응시하는 낯선 감각이었다. 그는 껍질만 남은 채, 그 경계 너머에서 떠 있었다. 호흡은 들어왔다가 나갔다. 무게도 운동도 없었지만, 그것은 분명히 작동했다. 그에게 '멈춤'은 피상적인 정지가 아닌, 내면의 가장 근원적인 감각과 마주하는 방식이었다.

디는 이따금 그 '스탑'의 세계에 머물고 싶었다. 눈에 보이는 세계는 늘 빠르고 복잡했다. 그는 그 흐름에 섞이지 못하는 이방인이었다. 그래서 그에게 멈춤은 단지 수행이 아닌, 세상의 속도에 대한 무언의 저항이었다.

관계라는 이름으로 주어진 의무들은, 채찍처럼 디를 후려쳤다. 그는 더 집중했다. 거리가 멀어질수록, 보이지 않는 그 세계는 이상하리만치 더 또렷하게 보였다. 그런 방식으로만, 지금의 가짜 세계 속에서 진짜 세계의 숨결을 느낄 수 있다고 그는 믿었다.

거리는 사람들로 가득했다. 학생들로 붐비는 거리였다. 로는 디와 G 대학교 인근에서 만나기로 한 걸 곧 후회했다. 인파로 들끓는 거리에 둘은 말수를 줄이고, 바다가 보이는 공원 쪽으로 향했다. 도심의 소음이 차츰 멀어졌고, 바람 소리가 그 자리를 채웠다.

두 사람은 담소를 나누며 걷다가 어울마당에 도착했다. 술 냄새를 풍기는 등산객 무리가 지나가고, 신혼부부로 보이는 남녀가 흰 포메라니안을 한 마리씩 데리고 산책 중이었다. 아이 대신 강아지를 품에 안고 걷는 모습은 이제 낯설지 않은 풍경이었다. 디와 로는 그 장면을 바라보다가 서로 눈을 마주쳤고, 짧은 웃음 속에 씁쓸함이 스쳤다.

"요즘은 출산을 장려해도, 아이 대신 반려동물을 선택하는 사람이 더 많지."

로의 말에 디는 문득 어릴 적 함께 지냈던 개를 떠올렸다. 그 생명은 감정의 거울처럼 디의 마음을 비추곤 했다. 하지만 이제 감정은 선택되고, 생명은 관리되었다.

"그러게. 그런데도 학대는 여전하지. 양상은 더 다양해졌고. 인당 14만 원 넘는 랍스터 코스를 주문해선 집게가 살아 움직이는 걸 보고 좋아하잖아."

언젠가 신문에서 본 기사를 생각하며 디가 말했다. 살아 있는 랍스터를 "만세를 외친다"로 표현하는 식당주의 농담은, 디에게는 잔혹한 현실이었다.

"동물보호법도 이상해. 왜 척추동물만 고통을 느낀다고 믿는 거지? 사람 중심적인 사고부터가 문제야…."

디는 말끝을 흐리며, 그 잔혹함이 일상이 된 세상을 잠시라도 외면하고 싶었다. 생명은 점점 더 구획되었고, 고통은 갈수록 선택적으로 인식됐다. 디는 그 선택받는 고통이야말로, 인간 중심 사회의 가장 무서운 망각이라 생각하며 묵묵히 발을 옮겼다.

바다 쪽에서 강한 바람이 불어오자, 디의 머릿속에 한 얼굴이 스쳤다. 파도처럼 밀려오는, 후의 얼굴이었다. 그가 가만히 입을 뗐다.

"엊그제 후 기사가 신문에 실렸더라. 연말에 헝가리에서 공연한다는 모양이야."

디는 잠시 머뭇거리다가 말을 이었다.

"사진도 같이 났는데… 그걸 보자, 세상이 조금씩 좁아지고 있는 기분이랄까…"

로는 디의 말에 잠시 침묵했나. 후의 이름이 그들 사이에 떠오른 순간, 공기는 묘하게 달라졌다. 후의 얼굴은 여전히 익숙했지만, 익숙했던 얼굴은, 이제 낯선 풍경처럼 멀어져 있었다. 디는 그 사진 속에서 자신이 빠져나온 듯한 기분을 느꼈다. 그녀는 여전히 춤추고 있었지만, 그 춤은 더 이상 그의 기억 속에서 흐르지 않았다. 후는 세계 속에서 춤을 추고 있었고, 디는 세계 밖에서 멈추고 있었다.

디가 바다를 바라보자, 마치 신호에 반응하듯 파도가 철썩, 하고 부서지는 소리를 냈다. 저녁 바다는 짙은 남색에서 고요히 흑연 빛으로 침잠하고 있었다.

"너, 후를 정말 좋아하는군."

로는 담담한 목소리로 다시 말했다.

"그녀 같은 사람은… 만나기 쉽지 않아. 단단하면서도 투명하잖아. 놓치지 마."

잠시 멈췄던 로는 마지막 문장을 나직이 되뇌었다. 마치 두 사람이 함께하길 진심으로 바라는 듯이.

후를 그릴 때면, 로는 그녀를 실제로 마주하고 있는 듯한 착각에 빠졌다. 그럴 때마다 다가가고 싶은 충동이 불쑥 올라왔고, 그는 그 감정에 움찔했다.

디는 연애와는 거리가 먼 사람이었다. 시간을 핑계로 소개팅을 피해 다녔고, 안경을 걸치고 책을 품에 안지 않으면 수행자인 양 산속으로 들어가던 친구였다. 그런 그가 갑자기 후를 데리고 모임에 나타났을 때, 밤중에 해가 솟은 듯, 모두 눈을 휘둥그레 떴다.

후를 처음 본 장면이 떠올라 로 입가에 웃음이 번졌다. 까만 야구모자를 눌러쓰고, 양손을 카고바지 주머니에 찌른 채 공을 차듯 툭툭 걷던 그녀의 걸음. 그때는 남학생인 줄 알았다. 그녀가 여자라는 걸 알아챘을 때, 그는 걸음을 멈추고, 숨을 삼켰다.

"디, 후를 처음 봤을 때 기억나?"

"하, 너 그날 진짜 웃겼지. 얼굴이 일본원숭이처럼 빨개졌잖아. 지금도 그런데?"

"야, 무슨 헛소리야. 너는 머리끝부터 발끝까지 얼음조각상처럼 얼어붙어 있었지."

둘은 웃었다. 디의 놀림에 로는 펄쩍 뛰는 시늉을 했고, 그러다 다시 따라 웃었다. '그래, 우리 둘 다 그날 그녀를 처음 만났던 거지.' 혼잣말을 중얼거린 로는 자신이 그녀에게 다가가지 않았던 이유를 생각했다. 디가 먼저 다가간 게 아니라—자신이 한발 물러섰던 것이었다.

"나는 후 하면 걸음걸이부터 떠올라. 꼭 아이처럼 걷잖아. 그런데도 이상하게 엘레강스하단 말이야."

"그건 맞아. 단정하면서도 경쾌하고, 유연하면서도 당당하지. 그런 걸음에 끌리지 않을 사람이 있을까. 난 그것 때문에 반했어."

디는 농담처럼 말했지만, 사실이었다. 그렇다고 아름다움만을 말하는 건 아니었다. 창작자인 후가 무대에 서기까지 얼마나 많은 공간과 조건을 통과해 왔는지, 그 걸음이 말해주고 있었으니까. 몸은 기억을 담는 언어였고, 그 발걸음은 그녀가 살아낸 문장이었다.

"디, 예전에 후가 유명한 현대무용가 얘길 해줬잖아."

"오디션 때 걷는 모습만 보고도 탈락시키는 사람? 폴 테일러였나…."

후는 그 이야기를 할 때, 걸음의 힘을 믿었다. 무용가에게 걷는다는 건—심사를 받는 몸이자, 말 없이 존재를 증명하는 선언 같았다. 그녀는 걷는 것으로 언제나 자기 위치를 입증해 왔다.

"맞아. 니체가 그랬다며? 자기 길을 찾은 자는 걷지 않는다—그는 춤춘다. 그러니까 후는 이미 그 길을 걷고 있었던 거야."

이야기하던 로는 불현듯 디의 걸음걸이를 떠올렸다. 그러고 보니, 디의 걸음은 땅을 스치듯 가벼웠고, 귀를 기울여도 소리는 거의 없었다. 그러면서도 품위가 느껴져 무심코 눈길이 닿곤 했다. 로는 디의 얼굴을 데생이라도 하듯 유심히 살폈다. 후의 걸음이 세상을 향한 선언이었다면, 디의 걸음은 세상과의 거리였다.

로의 시선을 의식한 듯, 디가 가볍게 말했다.

“걸음은 명함 같은 거지. 그 사람이 지나온 시간을 말해주잖아.”

“그럼 움직이는 명함이라 해야 할까. 근데… 패션쇼 모델은 좀 유별나지 않나. 익숙하지 않은 옷을 입고 당당하게 걸어야 하잖아.”

“한 유명 디자이너가 그런 말도 했어. ‘뒤에서 남자 세 명이 따라오는 것처럼 걸어라!’”

디는 턱을 치켜들며 콧소리를 냈다. 그 제스처는 어느 남자 디자이너를 연상시켰고, 로는 웃음을 터뜨렸다. 그러다 멈칫했다. ‘후의 아우라는 걸음만이 아니지.’ 로는 그런 말을 할 뻔했다. 그녀의 얼굴은 누구든 한 번 보면 잊기 어려웠다. 썩 예쁘다기보다, 묘한 호감을 끌어내는 힘이 있었다. 디가 그녀의 걸음에 반했다 했지만, 로는 확신했다. 그 이상도 분명 있었다.

“그렇지만, 로.”

디의 목소리가 굳어졌다.

“걸음이나 얼굴보다도 몸이 더 많은 걸 담고 있어. 어떤 시인은 인간의 몸을 신전에 비유했지. 몸을 만진다는 건, 천국을 스치는 일이라고 했어."

로는 그 말이 아름답다기보다 위험하게 느껴졌다. 신전이라 불리는 몸은, 누군가의 숭배와 동시에 누군가의 침입을 허락하는 공간이기도 했다. 그는 움찔하며 디의 시선을 피하고 싶었지만, 어쩐지 그에게 꿰뚫린 듯한 기분이었다. 그녀에게 다가가지 않은 건, 감정이 없어서가 아니었다. 그 감정이 너무 선명해서, 가까이 다가가는 순간 사라질까 두려웠다.

로의 안쪽 어딘가가 흔들리며 꾹꾹 눌러왔던 감정이 요동치기 시작했다. 디 앞에서 후를 떨쳐내려 할수록, 그녀는 더 강하게 떠올랐다.

디는 가끔 관계를 부정하고 싶었다. 없애고 싶은 게 아니라, 처음부터 없었기를 바랐다. 하지만 그것들은 이미 형성되어 있었다. 그가 원하든 원치 않든, 이미 새겨진 관계의 흔적들이었다. 그는 태어나기 전부터 만나야 할 사람들과 연결되어 있었고—애초에 관계의 대상조차 스스로 선택할 권리는 없었다. 관계는 선택이 아니었다. 이미 짜인 틀 속에서 그는 움직이고 있었다. 벗어나려 할수록, 그 틀은 더 단단히 그를 조여왔다.

시간이 흐르면서 디는 차츰 깨달았다. 관계는 축복이 아니라 형벌일 수도 있다는 걸. 그는 그 생각이 한낱 고립감이 아닌, 삶의 근간을 흔드는 사회적 질서 때문이라는 사실을 받아들이기 시작했다.

마음은 거침없이 그를 침투했지만, 그는 그것을 거대한 산처럼 묵묵히 바라보며 견뎠다. 조금이라도 경계를 늦추면, 마음은 잽싸게 덮쳐왔다. 때로는 그 유혹에 끌려가는 자신을 바라보았다. 그때마다 스탑을 되뇌며, 그 틈을 지켜내려 애썼다.

그는 로가 최소한, 후에 대한 감정만큼은 숨기지 말아야 했다고 생각했다. 로는 누구에게도 마음을 고스란히 내어주는 사람이 아니었다. 정물을 바라보듯 사람을 대했다. 거리감이 항상 그의 시선에 배어 있었다. 어떤 여자도 그의 눈 안에서 사물 이상의 존재가 된 적은 없었다.

후만은 달랐다. 후에 대한 감정은, 로에게 있어 가장 순수했고 가장 지극한 것이었다. 하지만 정작, 로는 그 사실조차 모르고 있었다. 하긴, 붓다는 이런 집착마저도 꿈처럼 보았을 것이다.

마음은 수행의 틈을 파고들었다. 디는 그 틈을 메우려 했지만, 감정은 언제나 더 빠르게 흘렀다. 그는 '스탑'이야말로 수행을 지켜내는 마지막 방어선이라고 여겼다. 아니, 어쩌면 그것은 감정이 수행을 침식하지 못하도록 그의 내면에 오래 전부터 세워진, 경계선이었는지도 모른다.

그 순간, 구루의 말이 떠올랐다. "세상은 마야maya(환상)야. 네 마음이 너의 환상을 만들어낸 거지." 디는 그 말이 단지 가르침이 아니라, 지금 자신의 마음을 꿰뚫는 진실처럼 여겨졌다.

디는 등을 곧게 펴고, 마음의 틈을 다시 단단히 봉합했다. 숨은 길게, 그러나 조용히 흘렀다.

디는 망설이던 끝에 목적지 설정을 로의 집으로 바꿨다. 그의 예감은 언제나 적중했었다. 지금 자신을 피로하게 만드는 이 불길한 감각. 그는 고개를 세차게 가로저었다. 갈수록 잦아지는 후의 멍한 태도, 안절부절못한 채 작업실을 서성이는 로의 모습이 그려졌다.

지금쯤이면, 로는 이젤 앞에 앉아 작업 중일 터였다. 디는 알 수 있었다. 후의 침묵과 로의 동요는 서로 다른 리듬이지만, 같은 진동이었다. 그 진동은 감정의 파장처럼, 지금 그의 발걸음을 끌어당기고 있었다.

디가 아파트에 들어서자, 유화물감 냄새가 코를 찔렀다. 학교 강의가 없을 때면 로는 아틀리에에 틀어박혀 있었다. 그러다 언젠가부터 화구들을 죄다 집으로 옮겨놓고, 거실에서 작업했다. 디는 로가 잠도 자지 않고 그림 그리고 있었다는 걸 눈치챘다. 그런데도 이젤 위는 달랐다. 물감이 마른 캔버스는, 지나간 감정처럼 그 자리에 버티고 있었다. 디의 눈은 그걸 놓치지 않았다.

그는 들고 있던 마트 봉지를 식탁에다 내려놓고, 소파에 풀썩 몸을 던졌다. 거실을 휙 둘러보자, 무거운 공기 속에 고갱 화집만 펼쳐져 있었다.

"고갱은 타히티에 가지 말아야 했어."

로는 생수병을 꺼내 들며 말했다. 디를 힐끔 쳐다봤지만, 눈은 피하고 있었다. 디가 가만히 그의 얼굴을 살폈다. 말의 맥락이 보이지 않았고, 로의 신경질적인 태도는 뭔가를 숨기려는 것처럼 보였다. 디는 로의 충혈된 눈을 주시하며 가만히 다음 말을 기다렸다.

"누구도 시도하지 못한 새로운 예술세계를 추구하겠다고 그곳으로 떠났지. 하지만 그림을 봐. '황색의 그리스도'를. 자기 얼굴을 그리스도 앞에 그려놨잖아. 마치 예술의 구원자처럼 보이지 않아?"

디는 책의 앞부분에서 '황색의 그리스도'를 찾아본 다음 책장을 넘기며 말했다.

"타히티에서 고갱의 행동이 문제가 됐던 건 사실이지만… 예술은 개인의 삶을 뛰어넘어 존재하는 거 아냐? 그가 남긴 강렬한 색채와 원시적 생명력은, 여전히 미술사에서 지워지지 않는 흔적이잖아."

로는 이맛살을 찌푸린 채 반박했다.

"예술이 사실 이상의 것을 추구해야 한다는 건 이해해. 하지만 예술이라는 이름이 모든 행동에 면죄부를 줄 순 없어. 감동이 책임을 지우지 않는다면, 그건 감동이 아니라 자기 합리화일 뿐이야."

로는 예술을 감동의 도구가 아니라, 발언과 책임이 동반돼야 하는 윤리적 실천으로 이해하고 있었다. 디는 문득 후의 무대를 떠올렸다. 그녀는 예술을 위해 살아가는 사람이었지만, 그 삶은 언제나 가치의 충돌과 사회적 장벽 사이에서 흔들리고 있었다.

"물론, 고갱 개인의 윤리적 선택을 옹호할 순 없어. 그렇다고 예술가의 도덕성과 작품을 동일시해야 한다는 거야?"

로는 고개를 들었다. 예술가의 삶이 작품의 핵심이 아니라면, 그 감동은 대체 누구의 기억 위에 세워진 것인지 묻고 싶었다.

“그러면 고갱이 타히티에서 했던 일들은 예술이라는 이름으로 정당화된다고 생각해?”

사나운 시선을 던지며 로가 목소리를 높였다.

“아니, 우리가 그의 작품을 감상하는 순간에도 그 개인의 삶을 잣대로 평가해야 해? 너도 알잖아, 로. 예술가 개인의 삶을 평가하는 게 작품을 평가하는 건 아닐 수도 있다는 걸. 그렇다면 우리는 피카소의 작품도 그의 인간적인 결함 때문에 배척해야 할까? 반 고흐의 불안정한 삶이 그의 그림을 평가절하해야 할 이유가 될까? 결국 중요한 건 작품이 주는 감동과 영향력인 거야.”

디는 고갱을 두고 정의를 논하는 것 자체가 진부하다고 여겼고, 로는 생각했다. 예술가의 결함은 작품에서 지워질 수 있을까? 감정은 사라져도, 그림은 기억한다. 그 기억은 위로이자 짐이었다—지탱하면서도 짓누르는 무게. 그는 잠시 침묵하다가, 눈빛을 날카롭게 바꾸며, 후를 향한 감정이 예술이란 이름으로 포장되지 않기를 바라는 절박함으로 말했다.

“디, 단순한 미적 가치를 넘어, 예술은 삶을 초월해 지속되는 거 아냐? 예술이 인간의 감정을 움직이고 영혼을 흔드는 것이라면 그 자체로 책임을 져야 해. 우리는 고갱의 색채와 구도를 감탄할 수는 있지만, 그 감동은 누구의 기억을 통해 살아남는 걸까?"

로는 격앙된 목소리로 내뱉고는, 숨을 길게 내쉬었다. 얼굴에 침울함이 드리운 채 말을 이어갔다.

"예술이 세상을 더 깊이 이해하는 방법이 될 수도 있고, 그 반대로 세상을 왜곡하는 도구가 될 수도 있어. 난 예술이 현실을 왜곡하는 방향으로 흘러서는 안 된다고 생각해."

감동이 책임을 면제해 주지 않는다는 사실— 그 말은 자신의 것이었지만, 그날 로는 그 말이 처음으로 뼈에 사무쳤다. 아름다움이 누군가의 침묵 위에 세워졌다면, 감탄은 동조일 수 있었다. 디는 가만히 로의 얼굴을 바라보았다. 로는 단호하게 말하고 있었지만 어딘지 모르게 좀 불안해 보였다.

두 사람은 잠시 침묵했다. 디는 로가 지나치게 예민해져 있는 까닭이 궁금했다. 다시 화집을 펼쳤다.

"그런데… 이 그림 속 고양이는 왜 있는 걸까? 뭔가 어색하게 느껴지는데."

"서양화에선 고양일 배경으로 많이 그려. 동양화에서의 나비처럼. 그런데 고갱은 하얀 고양이를 그려놨지. 순수하다는 걸 강조하려고. 실은 그것도 마네의 '올랭피아'를 패러디한 거지만. 그것까진 좋다고. 하지만 그림의 그 아인 고갱 자기 아이야. 그런데도 신의 아이로 표현하려 했다는 점만큼은…”

로는 다시 흥분했고, 무능한 통치자를 비난하듯 연신 말들을 쏟아냈다.

디는 로의 열정이 옳다고 느끼면서도, 그 감정의 날카로움이 자신을 찌르는 듯했다. 예술은 책임이지만, 때로는 피난처이기도 하니까. 그는 화제를 바꾸며 그 피난처를 찾고 싶었다. 그 아래 깔려 있던 모딜리아니를 꺼내 들었다.

“그런데 모딜리아니는 왜 한 여자의 초상화를 이렇게나 많이 그렸을까?”

무심코 내뱉는 디의 말은 로의 정신을 번쩍 들게 했다. 디가 잔 에뷔테른 초상화를 가리켜 한 말이 꼭 자신의 그림을 지적하는 것처럼 들렸다. 마치 넌 왜 후 그림만 주구장창 그리는 거야, 라고 묻기라도 한 듯.

로는 혈관이 서늘해지는 공포마저 느꼈다. 이어서 깨지는 빙판 위에 선 듯, 그의 몸은 긴장으로 굳어졌다. 숨이 막혀왔다. ‘혹시 내가 후를 보면 잔의 초상화가 생각난다고 말한 적 있었나?’ 기억을 더듬었다.

후의 얼굴이 잔을 닮았다고 할 순 없지만, 언젠가부터 그녀 분위기가 그 그림을 연상시킨다고 여겨오던 참이었다.

그는 다행히 디에게 그 말은 하지 않았다는 걸 알고는 안심했다.

“그야 물론… 잔 에뷔테른이 그의 연인이었으니까.”

“암만 연인이라고 해도, 대개 그 여자만 그리진 않잖아. 그만큼 그가 순정파였나.”

수도승같이 고요히 앉아 있었지만, 디의 눈빛은 지중해의 태양처럼 이글거렸다. 로는 그제야 자신이 지나치게 흥분하고 있었다는 걸 알았다. 그는 침착함을 되찾으려 애쓰며 대답했다.

“모디는 대부분 배경 없는 초상화를 그렸지만, 잔만은 집안 풍경 속에 담았지—삶에 깊이 새겨진 인물이었던 셈이야.”

로는 그 말을 하면서 깨달았다. 후를 그린 그림엔 배경이 없다는 사실을. 그는 후를 그렸지만, 그녀를 삶에 들이진 못했다. 그림 속 그녀는 늘 배경 없이 떠 있었고, 그 공백은 그의 감정이 닿지 못한 자리였다.

마침내, 로는 입을 굳게 다물었다. 그의 옆모습은 로댕의 조각상처럼 단단해졌다. 감정은 말보다 먼저 굳어 있었다.

잔 에뷔테른의 긴 목과 긴 얼굴은 누군가의 말대로 그녀의 슬픔을 길이로 드러내려 한 것이라면 후의 슬픔은 결코 닿을 수 없는, 거리 너머에 머물렀다.

후의 눈동자는 가까워질수록 멀어졌고, 잊으려 할수록 선명해졌다. 붓을 들면 그녀는 흐려졌고, 그 흐림 속에서 불안은 피어올랐다. 그건 모딜리아니가 잔에게 당신의 영혼을 다 알고 난 뒤에 눈동자를 그리겠다고 한 것과는 완전히 다른 차원이었다. 그는 그녀를 그릴 수는 있었지만, 그녀를 이해할 수는 없었다. 그 차이는 그림과 삶 사이의 가장 깊은 틈이었다.

"이 시간에 어쩐 일이야, 연락도 없이?"

후는 디가 와 있는 걸 보고 놀라서 일손을 멈췄다. 청소기 소리에 그의 발소리를 듣지 못한 것이다. 디가 연락 없이 찾아온 건 처음이었다. 게다가 이른 오후, 술 냄새까지 은근히 풍겼다.

디는 막연한 감정 속에서 후를 바라보았다. 그가 말없이 그녀에게로 걸음을 옮기자, 후는 이마의 땀을 훔치면서 서둘러 정리했다. 그리곤 탈의실로 들어가며 말했다.

"연습실 사용할 사람들이 곧 올 거라서… 조금만 기다려."

후는 연습실이 필요한 무용가들에게 일정 시간 스튜디오

를 빌려주었다. 그녀는 그들에게 공간을 내주는 동시에, 그들의 시간을 함께 견디고 있었다.

국내에서보다 유럽 등지에서 더 주목받는 현대무용가가 여럿이었고, 그녀도 그중 하나였다. 하지만 그 주목은 국내의 벽 앞에 멈췄다. 예술적 성공은 기사로만 남았고, 그 현실은 여전히 불꺼진 연습실의 적막 속에 머물러 있었다. 그들의 동작은 반복될수록 더욱 고독해졌다. 그것은 연습이 아니라, 고립의 리듬이었다.

국내외 공연이 비교적 잦았던 후 무용단 역시, 생존의 문제에서 자유로울 순 없었다. 그녀는 무대 위에서 빛났지만, 무대를 만들기 위한 시간은 늘 그림자 속에 있었다. 예술은 자신을 둘러싼 틀을 통과하는 일이었다.

디는 거울 앞에 섰다. 그의 시선 속에 반사된 자신의 모습이 낯설었다. 그는 후의 걸음을 떠올리며, 조심스럽게 발을 내디뎠다. 그녀처럼 단정하게, 유연하게, 당당하게. 하지만 그의 걸음은 자꾸만 흔들렸다. 중심을 잡으려 애썼지만, 그건 가벼운 동작이 아니었다.

후의 걸음은 그녀가 살아낸 시간의 문장이었고, 디는 그 문장을 아직 읽지 못한 독자였다. 그는 그녀가 무대를 떠올리며 고민하고, 몸으로 표현하려 애쓰던 순간들을 상상했다.

여전히 어색했다. 몸의 표현 하나하나가 겉돌았다. 그 낯섦은 마치 타인의 삶을 빌려 춤추는 듯한 감각이었다—익숙하지 않은 몸이 낯선 시간을 흉내 내는 듯.

후가 탈의실 문을 열었다가, 디의 모습을 바라보고 넌지시 말했다.

"춤은 마음을 옮기는 건데… 멈추려 하면 흐름이 끊겨. 살아 있다는 건 계속 흐른다는 거야."

다시 안으로 들어가려던 후가 고개를 돌려 거울 속을 보며 덧붙였다.

"남는 건 멋진 동작이 아니라, 멈추지 않는 움직임이야."

후의 말은 기술적인 안무의 설명이 아니었다. 흐름을 멈추지 않는다는 건—자신을 매 순간 다시 증명하는 일. 그것은 예술가에게 가장 고요한, 가장 깊은 고행이었다. 그 말은 디의 흔들리는 중심을 정면으로 관통했다.

디는 대답하지 않았다. 그의 팔은 여전히 공중에 떠 있었고, 그녀의 말이 그 몸짓을 잠시 붙잡은 듯했다. 그렇지만 반복할수록 그의 움직임은 조금씩 이어졌다. 비틀거리던 걸음이 점점 더 안정적으로 바뀌자, 그는 거울 속 자신에 집중했다.

몸은 살아 있었지만, 마음은 그 흐름에 발을 들이지 못했다. 그 낯섦은, 마치 타인의 삶을 빌려 춤추는 듯한 기분이었다.

이제, 디의 춤은 웃음과 울음 사이에서 흔들렸다. 그의 팔은 허공을 헤맸고, 발끝은 마치 울음을 참는 듯 떨렸다. 몸은 감정을 따라가지 못했고, 감정은 몸을 이끌지 못했다. 땀으로 번들거리는 앞에 선 사내가 우습고 한심해졌다. 춤을 그만두려 했지만, 몸은 제대로 말을 듣지 않았다.

얼굴이 젖은 그 사내는, 무대 위에서 길을 잃은 희극배우 같았다. 그는 별안간 궁금해졌다. 삶을 직접 비춰볼 수 있다면—내 인생은 과연 어떤 모습일까?

디는 숨을 깊이 들이마셨다. 이어서 텅 빈 골짜기 같은 공허한 웃음이 그의 입에서 걷잡을 수 없이 터져 나왔다. 그 웃음은 기쁨도 슬픔도 아니었다. 그것은 마음의 틈에서 흘러나온, 존재가 갈라지는 소리였다. 디는 춤을 추고 있었지만, 아직 무대에 오르지 못했다. 그는 후의 세계를 엿볼 뿐, 그 안으로 들어갈 자격은 없었다.

*

디는 오지 않았다. 후는 기다렸다. 적어도 한 줄, 짧은 메

시지 하나쯤은 올 거라 믿었다. 하지만 아무것도 오지 않았다. 여태껏 그런 적은 없었다. 그는 떠났고, 더 고통스러운 건, 그가 왜 떠났는지 끝내 알 수 없다는 사실이었다.

격한 감정으로 오가던 말들이 유행가의 후렴처럼 머릿속을 맴돌았다. 마음이 변한 거냐고 후가 묻자, 디는 선문답처럼 말했다.

"넌 생각을 갖고 보는구나. 생각은 죽은 거야. 현재는 살아 있고, 과거는 이미 갔어. 왜 지나간 걸로 현재를 비교하려고 해?"

후는 자존심이 상한 채, 한 어절씩 또박또박 쏘아붙였다.

"네가 흔적을 남겼잖아. 시간이 아무리 흘러도 흔적은 없어지지 않아. 구멍 난 못 자국처럼."

디가 마지막으로 남긴 말도 뒤따라 떠올랐다.

"내게 항상 같기만을 기대하지 마."

늘 그렇듯 모호한 문장이었지만, 이제 와서야 그것이 어떤 의미였는지 어렴풋이 이해될 것 같았다. 디는 가버렸고, 그것이 곧 그의 해명이었다. 그는 항상 정확히 말하진 않았지만, 늘 어떤 식으로든 흔적은 남겼다. 그러나 지금은—아주 완전히 사라졌다.

"… 공항으로 나갈게. 거기서 만나."

마지막 공연을 이틀 앞두고, 로에게서 연락이 왔다. 후는 처음엔 디가 공연을 보러온다는 뜻으로 받아들였다. 곧 그게 아니란 걸 알게 됐지만.

공연장을 나서며 후는 택시에 올랐다. 누런 보름달이 천천히 모습을 드러냈고, 거리를 걷는 사람들의 발걸음은 점점 분주해졌다. 룸미러 너머 택시 기사가 힐끔거렸고, 그녀는 담담하게 말했다.

"페렌츠 공항으로요."

도착 시간은 한참을 지나 있었지만, 후는 정면을 응시한 채 조금도 흔들리지 않았다.

입국장이 가까워지자, 사람들 틈새로 한 남자가 눈에 들어왔다. 잿빛 코트, 구릿빛 피부. 후는 그가 누구인지 단번에 알아봤지만, 시선을 떼지 못했다. 두리번거리던 로는, 기다리는 사람 특유의 자세로 서 있었다. 초조하면서도 익숙한 얼굴. 그는 그녀가 올 거라 믿고 있었다.

후는 숨이 막혔다. 공항의 소음은 멀어지고, 공기는 얼어붙은 호수처럼 가라앉았다. 그녀는 발끝 하나도 움직일 수 없었다. 기다려왔던 시간이 그녀를 다시 돌려세웠다. 자신이 여기 있어야 한다는 확신이—오히려 그녀를 밀어냈다. 기다림의 끝에서 찾아온 확신은, 아이러니하게도 그녀를 그 자리에서 밀어냈다. 공연장으로. 무대로. 자신이 있어야 할 자리로.

"멈춰 주세요. 공연장으로 돌아가요."

목소리는 단호했다. 차창 너머로 흘러가는 거리 풍경을 바라보며, 후는 중얼거렸다.

'어떤 감정은 남겨지는 것보다 흘러가는 게 맞아. 남긴다고 살아 있는 건 아니니까.'

그녀는 알고 있었다. 지금은 감정을 붙드는 게 예술이 아니라, 소비였다. 감정은 더 이상 나눔이 아니라, 소진이었다. 후는 그 소진에서 벗어나기 위해, 다시 무대로 돌아가야 했다. 그녀의 손은 이미 결정을 향해 닿고 있었다.

택시는 방향을 틀었고, 후는 무거운 숨을 내쉰 뒤 핸드폰을 꺼냈다.

"모레가 마지막 공연이야, 디."

그녀의 손가락은 빠르게 움직였고, 그것은 마지막 선택이었다. 유리문을 힘껏 밀어젖히며, 후는 다시 인으로 들어갔다. 감정은 흘러갔고, 그녀는 다시 흐름 속에 몸을 실었다. 무대는 언제나 그 자리에 있었다.

사라지는 것들의 울림

지우려는 붓질 속에서도 색은 남고,
사라지는 소리에도 흔적은 남는다.

로는 붓을 놓았다. 그림 속 얼굴은 말하지 못한 감정 속에 머물러 있었다. 웃음도 울음도 아닌 감정이 붓 자국 사이를 떠돌다 사라졌다. 기억을 붙들려는 그의 미간엔 깊은 주름이 패였다.

그는 자리에서 일어나 그림을 밀어내듯 몇 발짝 물러섰다. 멀찍이 선 채로 한참을 응시하던 그는 다시 붓을 쥐고 사정없이 그림을 지워나갔다.

*

로는 서둘렀다. 전시회가 시작된 첫 주말이라 오후엔 미술관이 붐빌 게 뻔했다. 그는 그룹전이 열리고 있는 2층으로 걸어 올라갔다.

먼저 전시실 입구에 비치된 팸플릿을 집어서 훑었다. 전시 작가 대부분은 익히 아는 이들이지만, 생소한 이름도 두엇 보였다. 작품들을 둘러보던 로는 유난히 눈에 띄는 그림을 발견하고 그쪽으로 다가갔다.

벽 한 면의 절반을 차지하고 있는 120호 크기의 유화. 장미인지 튤립인지 모호한 꽃이 액자 안에서 고요히 바깥을 응시하고 있었다. 노란 꽃 하나만 또렷했고, 나머지는 윤곽만 남은 채 흐릿했다. 그럼에도 불완전한 네 송이의 꽃은 벽을 넘어 공간 전체를 밀어냈다. 그 에너지는 도발적이었다. 눈을 떼기 어려울 만큼.

로는 지극히 자극적인 꽃으로 한 발짝 더 다가섰다. 그것은 이미 사각의 틀을 넘어 전시실 안을 통째 장악하고 있었다. 자신을 바라보는 이들까지도. 채도를 높이고 명도를 살짝 낮춘 노란색은 강렬하면서도 차분해, 은은한 분위기에 신성한 빛마저 감돌았다.

작가의 상상력이 탄생시킨 그 실체 없는 꽃은 시각적인 자극만 주는 게 아니었다. 로의 팔목을 스치는 꽃잎의 감촉, 잊고 있던 계절을 불러내는 향기.

감각은 서서히 깨어났고, 그것은 실체처럼 다가왔다. 미미하던 감각이 로에게 기시감을 불어넣는다 싶더니 순식간에 격류로 돌변했다. 와락 밀려드는 그것이 관능이란 걸 알아채기도 전에 그를 압도했다.

로는 가상의 공간에 갇혔다고 느꼈다. 보이지 않는 뭔가가 자신을 끈덕지게 고무시켰고, 그는 자신을 그 낯선 감각 속에 던져넣었다. 환각은 저릿하고 뜨거웠다. 시리면서도 매혹적이었다.

잠깐 작품 옆의 QR 해설을 들여다보았다. '존재의 꽃을 통해 시간의 서사를 말하다' 해설은 현란했지만, 로는 그 언어가 그림을 가두려 한다는 불편함을 느꼈다. 미술관은 해석보다 구조를 우선했고, 그는 그 틈에서 잃어버린 이미지를 떠올렸다.

천천히 전시실을 걸어 나오던 로는 다시 그 그림을 떠올렸다.

갑자기 그를 덮친 건 그리움이 아니었다. 욕망이 낳은 회한은 그리움보다 훨씬 더 무겁고 매서웠다—그는 이미 알고 있었다. 자신은 끝내 닿지 못할 고지를 향해 걸어가는 중이었고, 감정을 덮은 가시덤불 속에서도 후는 그의 마음 깊숙이 박혀 있었다. 그리움은 끊임없이 붓 자국 사이로 그녀를 끌어들였고, 자신은 매번 그 중심에서 무너지곤 했다.

"어머, 로 선생님 아니세요?"

로비를 지나던 로는 낯선 목소리에 멈춰 섰다. 현실로 불려 나온 듯, 그는 갑자기 그녀를 바라봤다. 주황빛에 핑크가 스친 알파카 모직코트를 입은 여자가 눈앞에 서 있었다.

누군지 얼른 알아채지 못하던 로는 쏘아보는 듯한 큰 눈을 보고서야 기억해 냈다. 전시회에서 그의 그림을 보고 찾아왔다던 피아니스트, 제이였다. 그녀는 잃어버린 소리를 찾고 있다고 말했었다. 마치 그 소리가 자신을 구성하는 마지막 조각인 것처럼.

절박함은 사라지고, 옷처럼 그녀도 따뜻하고 화사해져 있었다. 기운이 밝게 퍼졌다. 그럼에도 반가워하는 제이의 기색이 로를 움찔하게 했다. 그녀는 그가 내뱉었던, 상처로 남았을 말들을 잊은 듯, 아무렇지 않게 웃고 있었다.

그 당시, 로는 어쩌면 이미지를 잃고 있는 스스로에게 면죄부를 주고 싶었던 건지도 몰랐다. 그는 제이에게 잃었던 소리를 이젠 찾았냐고 물어보려다가 말았다. 왜 하필 그런 얘길 자기한테 하냐는 물음에서 들었던, 모호한 소리를 또 듣고 싶지 않았다.

그녀가 찾아왔던 날의 풍경이 낡은 필름처럼 그의 시야를 덮었다.

로는 가볍게 비웃고는 일어설 생각이었다. 그런데 그녀의 눈빛엔 말 없는 간청이 담겨 있었고, 그것은 로가 외면할 수 없는 종류의 간절함이었다. 그림을 보고 찾아왔다는 말에 당장 등을 돌릴 궁리를 했지만, 망설임이란 말로 설명할 수 없는 무언가가, 그를 굳이 떠나지 못하게 붙잡았다.

"그걸 못 찾으면 평생 헤매게 될 것 같았어요. 그런 예감이 저를 한순간도 놔두질 않았어요."

제이는 열에 들뜬 사람처럼 또 말했다. 어이없는 그 소리가 로에게 전혀 호기심을 주지 않는 건 아니었다. 그녀가 피아니스트라는 점도 무시할 수 없는 부분이었다. 그는 팔짱을 낀 채 차갑게 제이를 주시했고, 그녀 또한 그의 냉랭한 눈길을 피하지도 않았다.

로가 사무적인 투로 말했다.

"들리는 건 다 들리는데, 자기 손에서 나오는 소리만 사라졌다는 건가요? 음악은 있는데, 연주 속 음은 없고. 그래서 그 잃어버린 소리를 찾으려 한다는 그 말인 거죠?"

제이의 눈이 반짝였다. 까칠한 화가가 자기 말을 이해한다고 여겨 반가운 기색마저 돌았다. 그러다 로의 눈을 보고선 금세 아연한 얼굴이 돼버렸다. 그의 표정에서 '흠, 네 얘기엔 호감을 불러일으키는 데가 있긴 해. 그렇다고 해서 내가 너와 같다고 생각하는 건 커다란 착각이야.'라고 읽혔을 게 뻔했다.

보는 관점에 따라 둘 사이에 공통점이 없는 건 아니었다. 제이가 자신의 연주 소리를 들을 수 없는 게 사실이라면, 둘 다 무언가를 잃은 사람이라는 점에서는 닮아 있었다. 하지만 거기엔 차이가 있었다. 그녀는 연주를 멈추지 않았지만, 그 소리 없음의 이유를 되묻지 못했고, 로는 자기 그림에서 이미지를 상실한 까닭을, 스스로에게 끊임없이 추궁했다는 점이었다.

그럼에도 그는 공통점 따위에 신경 쓰고 싶지 않았다. 관심은 점점 색을 잃었다. 말보다 표정이 먼저 냉담해졌다. 그의 얼굴은 굳어졌고, 말은 짧았다.

"그래서요?"

제이는 찬물을 뒤집어쓴 듯한 표정이 되었고, 해명하려 애썼다.

"그러니까… 저는 선생님도 그림 때문에 잃어버린 걸 찾으시리라…."

제이는 조심스럽게 말을 잇다가, 멈칫했다. 이해받을 수 있으리라고 믿는 듯했지만, 실은 자신의 상처가 과장된 건 아닐까 하는 두려움이, 그녀를 잠시 멈춰 세웠다.

반면, 로는 그 눈빛에서, 자신의 결핍을 그녀가 마치 거울처럼 비추고 있다는 위태로운 감각을 읽었다. 그는 냉정한 태도를 계속 유지하며 말했다.

"왜죠? 왜 꼭 찾아야만 하나요?"

로의 질문에 제이의 얼굴이 붉어졌다.

"당연하죠! 음악 하는 저한텐 소리가 무엇보다 중요하니까요. 선생님께 그림 속 이미지가 중요한 것처럼요."

"어떤 것이 중요하다는 건, 그것 없이는 존재할 수 없다는 뜻인가요? 사라졌다는 이유만으로 그것이 중요해졌다고 말할 수 있을까요?"

"아니, 그게 무슨 말씀이세요? 자기 연주 소리를 들을 수 없는데 어떻게 음악을 하겠어요. 베토벤 같은 천재라면 모를까…."

난처해진 제이가 소리쳤지만, 떨리는 목소리는 금세 말끝을 흐렸다. 로는 내친김에 더 밀어붙이기로 했다.

"그 소리, 언제부터 소중했나요? 잃은 뒤에야 알게 된 건 아닌지. 되찾고 싶은 건가요, 아니면 되돌릴 수 없다는 걸 마주할 용기가 없는 건가요."

말문이 막힌 제이는 하얗게 질렸다. 로는 그녀가 자신이 비아냥거린다고 느낄 거라는 걸, 알 수 있었다. 그렇다고 해도 그는 이 뒤숭숭한 대화를 어서 끝내야겠다고 생각했다. 제이가 피아니스트란 사실도 이제 더 이상 그의 호감을 붙들지 못했다. 그럼에도 그녀의 절박한 눈빛은, 로의 닫힌 입을 다시 열게 했다. 그는 팔짱을 풀고 목소리를 조금 누그러뜨려 말했다.

"맞아요. 어쩌면 난, 지우기 위해 그림을 그리고 있는지도 몰라요. 하지만… 정말 사라진 것일까?"

로는 순간적으로 미간을 찌푸렸다. 제이가 찾으려 하는 소리처럼, 지워낸 이미지도 어딘가에 남아 있는 건 아닐까—그 생각이 불현듯 스쳤다. 그는 언젠가, 더 선명하게 그릴 수 있었다. 이미지란 게 붙잡을 수 있는 거라고 믿었던 때가 있었다.

하지만 로의 말은 제이에게 질문이 아니라, 흡사 판결처럼 들렸다. 그녀는 말없이 입술을 깨물었고, 그는 말을 이어갔다.

"이미지가 사라지면, 다시 그리면 되죠. 소리도 마찬가지예요. 사라져야 들리고, 지워져야 빛난다면—그게 예술이죠."

그렇게 생각하며 로는 무심히 말을 흘렸지만, 제이의 가슴에는 그 말들이 둔탁한 돌처럼 떨어졌다. 그녀는 눌린 듯한 목소리로 외쳤다.

“그럼, 선생님은 계속 그림을 그리기만 하지, 이미지는 뭣 때문에 찾으시는 건데요! 그림 속에서 당신이 잃어버린 이미지를 되찾으려는 몸짓을, 저는 분명히 봤어요.”

로는 잠시 제이를 바라보다가 시선을 옆으로 돌렸다. 그 말이 전부 틀렸다고 말하고 싶었지만, 완전히 부정할 수는 없었다. 그는 지우고 있으면서도, 사라지게 만드는 동시에 붙들고 있었다. 그 이미지가 머문 곳은 손끝이 아니라, 오래된 감정의 그늘 속이었는지도 모른다.

제이는 입술을 물고 나가버렸지만, 로는 그날의 대화를 이상하리만치 오래 잊고 있었다. 그런 그가 2년이 훌쩍 지나 다시 그녀와 마주하게 되자, 당황스럽지 않을 수 없었다. 지금이라고 해서 그가 제이를 더 잘 이해하는 건 아니지만, 그녀가 그날의 날카로움을 잊은 듯한 모습은, 뜻밖에도 로의 마음을 누그러뜨렸다. 무채색 같던 그의 마음에 한 줄기 온기가 스며들었다. 울적하던 기분이 한결 나아졌다.

알람이 울리자, 로는 눈을 떴다. 눈을 떴을 때, 선생은 없었다. 허공만이 남아 있었다. 꿈이었다. 안도와 아쉬움이 뒤섞인 채, 그는 꿈의 잔상을 더듬었다.

"술 취해서 살고 싶다고 했나? 그게 좋아서 그런 건가, 아니면 뭔가를 버리려는 건가?"

교수의 목소리가 강하게 울렸다. 강의실 안이 정적에 휩싸였다. 그의 눈빛이 로를 꿰뚫는 듯했다. 꿈이었지만, 그는 망설였다. 그러나 말은 저절로 나왔다. "네, 선생님." "정말로?" "그러면 내게 묻고 싶은 게 있을 텐데?" 교수는 거듭해서 질문하며 로를 몰아붙였다. 앞에 앉은 B와 몇몇 학우들이 귀를 바짝 세우고 교수의 반응을 살폈다.

잠시 생각한 로는 진지한 목소리로 대답했다. "예, 선생님. 취하면 저 자신을 놓아버릴 수 있어서요." 교수는 놀란 듯 로를 한참 바라보았다. "그럼, 현실에서는 왜 그게 안 되는 거지?" 교수의 목소리가 메아리처럼 울려 퍼졌다. 순간, 로는 자신의 그림을 떠올렸다. 그는 이미지를 지우는 중이었다. 그러나 사라졌다고 확신할 수는 없었다.

그때 별안간, 로는 이상한 장면을 목격했다. 창밖에서 개와 토끼를 섞어놓은 듯한, 털복숭이 생명체 하나가 사람처럼 똑바로 서 있었다. 이상했다. 마치 강의실 안을 감시하는 듯했다.

녀석은 한쪽 다리를 천천히 들더니, 당당하게 오줌을 갈겼다. 노골적이면서도 기이하게 계산된 듯했다.

교실 안은 다시 적막에 잠겼다. 교수는 로에게서 시선을 떼지 않았다. 질문은 그를 벗어나지 못한 채 떠돌았다.

"현실에서는 왜 그게 안 되는 거지?"

그 말은 울렸다. 다시 울렸다. 로는 대답하지 못했다. 창밖의 괴이한 존재가 무능한 작가인 자신을 비웃고 있는 것만 같았다.

로는 교수가 난데없이 등장한 것도 그렇지만, 교수의 말이 현실보다 더 또렷해 당황했다. 그는 낯선 장면 속에 억지로 끼워진 조각 같았다. 삐걱이며, 소리 없이 어긋나는. 그런데도 눈을 떼기 힘들었다. 교수의 말은 정체된 자신을 겨냥한 질책처럼 울렸다. 진행 중인 자기 작업에 대해 교수가 알고 있지 않을까 하는 의혹마저 들었다.

고대에선 꿈을 인간과 신이 만나는 통로라 했고, 누군가는 꿈을 의식이 자아에게 보내는 편지라 했다. 그러나 꿈은 꿈이었다. 꿈은 해석되는 순간 이미 흐려지는 것이었다. 소리를 잃은 감각처럼.

등줄기에 서늘한 기운이 돌았다. 로는 꿈속 말을 무시하려 했지만, 머릿속에선 교수의 목소리가 고장 난 벨처럼 계속해서 울려댔다. 꿈을 꾼 게 단순한 작품 부담 때문일까? 아니면 더 깊은 의미가 있는 걸까?

'현실에서는 왜 그게 안 되는 거지?' 그 말은 마치 예술이 현실 속에서 숨 쉬지 못한다는 선언처럼 들렸다. 로는 알고 있었다. 이미지가 사라지는 건 자신의 붓 때문만은 아니라는 걸. 언젠가부터 그는 무엇을 그릴 것인가 보다, 어떻게 읽힐 것인가를 먼저 고민하고 있었다.

화단은 감정보다 기획을, 붓보다 평론을 앞세웠다. 그림은 제안서로 바뀌었고, 감정은 부록이 되었으며, 색은 해석의 그림자 속으로 밀려났다. 그가 찾으려 했던 얼굴은 그렇게, 자기 감정보다 구조에 밀려나고 있었다.

그는 벌떡 일어나서 찬물을 한 잔 들이켰다. 그러나 여전히 등 뒤에서 무언가가 자신을 지켜보는 듯한 기분이 들었다. 그는 뭐, 꿈이란 해독이 불가한 난해한 시 같은 거야, 중얼거리며 거실로 나왔다.

여느 때처럼 블라인드를 걷고 베란다 문을 열었다. 찬 기운이 밀려들자, 로는 반사적으로 어깨를 움츠렸다. 유리창 너머로 쏟아진 햇살이 베란다의 나무를 감쌌다. 화실을 시작할 때 후가 선물한 화분이었다.

그늘진 화실에선 창백하던 벵갈 고무나무가 이제는 성숙한 여인처럼, 햇살 속에서 윤기를 뽐냈다. 볕을 쬐는 나무에 흠뻑 물을 주고 거실로 들어섰다.

작업을 시작할 때의 평소 습관대로, 로는 오디오 앞으로 다가섰다. 바흐의 선율은 그의 반복된 꿈처럼 가라앉은 리듬으로 거실을 떠돌았다. 심란한 꿈의 잔상을 음악으로 밀어내고 싶은 그는 바흐의 더 밝은 조율을 골라 레코드를 다시 끼웠다.

경쾌한 바흐의 선율이 흘렀다. 꿈의 잔상이 조금씩 밀려났다. 하지만, 완전히 사라지진 않았다.

로는 물감으로 얼룩진 검은색 앞치마를 걸쳤다. 제이에게서 전화가 걸려 온 건, 이젤 앞에 막 다가앉은 바로 그때였다. 저장돼 있지 않은 번호라 내버려두자, 다시 끈질기게 발신음이 울렸다.

마지못해 받아 든 핸드폰에서 미술관에서 들었던 상냥한 음성이 흘러나왔다. 그녀의 들뜬 목소리는, 묻어두려 했던 결심의 표면을 다시 일렁이게 했다.

'La Sonnambula(몽유병 여인)'의 막이 내려왔다. 열광한 관객들의 갈채가 한참이나 이어졌다.

제이의 제안을 한 번은 거절했지만, 로의 마음이 오페라 제목에 흔들렸다. '몽유병 여인', 그 제목이 친숙하게 다가왔다. 근래 꿈에 관심이 쏠린 새로운 변화가 초래한 결과였다. 뒷줄에서 주인공 아미나 역의 소프라노를 칭찬하는 소리가 들렸다. 어떤 이는 벨칸토 아리아의 극치를 보여준다고도 했다.

로가 옆자리에 앉은 제이를 힐끔 쳐다보자, 무대 쪽을 향하고 있던 큰 눈에 눈물이 그렁그렁 담겨 있었다. 그의 기준대로라면, 공연을 보며 흘린 눈물엔 사연이 있거나, 감흥이 지나쳤던 탓이었다. 그는 고개를 돌려 그녀의 눈물을 피했다. 무안해하지 않도록 그녀의 속내를 지켜주려는 배려였다.

눈물을 닦아내던 제이는 머뭇거리다 오히려 그의 얼굴을 똑바로 올려다봤다. 그 눈빛은 깨진 유리 가장자리처럼 아슬했고, 그 틈으로 감정의 빛이 흘러내렸다.

"빈첸초 벨리니는 너무 빨리 죽었어요. 그의 선율은 아직 세상에 다 나오지 못했는데."

제이의 말이 뜻밖이어서, 로는 그녀가 저를 과도한 감상주의자로 볼까 봐 둘러댄 말이려니 했다. 변명하듯 순진한 모습이 귀엽게 느껴져, 웃음이 났다. 잠시 후 그녀가 공연에 대한 감동을 숨기지 않았다는 것, 작곡가의 죽음을 진심으로 애도했다는 걸 알게 됐지만.

로는 일어서려다 공연의 여운에 잠긴 그녀를 따라, 자리에 다시 몸을 묻었다. 제이는 그에게 빈첸초 벨리니가 서른네 살에 요절했다는 것, 벨칸토 오페라의 특징들을 들려줬다. 그런 다음 오페라에 대한 자신의 감상을 짤막하게 말했다.

"소프라노 노래가 마리아 칼라스가 부른 거보다 더 맑고 생동감 있어요. 특히 2막에서요."

사람들이 홀을 거의 다 빠져나갈 즈음 일어선 그들에게 흥얼거리는 소리가 들렸다. 앞에 있던 여자가 나직이 부르는 노래였다. 로는 곧 오페라에서 들었던 노래란 걸 기억해 냈다. 오페라 가사를 흥얼거릴 정도라면, 그녀는 성악가일 가능성이 컸다. 옆에 선 제이도 놀라워하며 로에게 속삭였다.

"2막에 나온 노래예요."

아, 믿을 수 없어라
이렇게 빨리 시든 사랑을
눈물이 다시 불러올 수 있다 해도
되돌리는 건, 더 이상 내 것이 아니다
…

제2막 '아, 믿을 수 없어라'의 애절한 노래를 들을 때, 로는 머릿속이 복잡했다. 그 가사는 너무도 익숙했다. 가사뿐만 아니라, 그 마음까지도 들어올 듯했다. La Sonnambula는 해피엔딩이 분명했지만, 그는 씁쓸한 기분을 떨칠 수 없었다.

무대 위 아미나가 물레방아 다리를 걷는 순간, 후의 모습이 겹쳤다. 그녀의 움직임이 현실을 건드릴 때마다, 그토록 지우려 했던 얼굴이 되살아났다. 후의 걸음은 전주곡처럼 이어졌다. 도달하지 않는 선율처럼, 그녀는 현실과 꿈의 경계를 맴돌았다. 소프라노의 음정처럼, 꿈과 현실 사이를 조심스럽게 딛고 있었다.

하지만 로는 극에서 인물 설정이 다소 불만스러웠고, 엘비노의 갈등을 더 수준 높게 만들지 않은 게 못마땅했다. 무대 속 남자의 망설임은 피상적이었지만, 후의 침묵은 그보다 더 깊고 오래된 갈등을 품고 있었다.

처음엔 아미나의 약혼자 엘비노가 그녀에게 몽유병이 있다는 사실을 몰랐다. 아미나가 유령처럼 다니다가 백작의 방으로 들어가 잠들어 버린 사건으로 갈등이 시작되었다. 극에선 갈등이 특히 더 중요하다는 걸 모를 리 없는 로였지만, 께름직한 건 어쩔 수 없었다.

백작의 상황 설명으로 아미나에 대한 오해가 풀리게 되자, 곧바로 그녀와 결혼하게 된다는 결말도 마음에 들지 않았다. 아미나의 몽유병을 알게 된 엘비노가 진심으로 흔들렸다면—그 무대는 더 오래 남았을 것이다. 뻔한 결말을 설정해 놓고 과도한 갈등으로 밀어붙이는 무대 공연에 그는 매번 실망했다.

무대 위에서 후는 머물지 않았다. 남겨지지도, 갇히지도 않았다. 후를 가두려 했던 틀은, 오직 로의 붓이자 그의 고집스러운 시선이었다.

"그럼, 선생님은 스스로 갇히기를 택한 사람이군요!"

무대 위 배경처럼 로의 머릿속을 점령한 그 말은, 외면하려 할수록 더 깊숙이 박혔다. 그는 사라지는 얼굴을 그리며, 그 얼굴 속에 갇혀 있었다. 그리고 그것이 오히려 자신을 풀어주는 일이라 믿고 싶었다. 그러나, 제이의 느닷없는 그 소리는 처음 만났을 때 내비쳤던 노여움에 찬 음성이 아니었다. 극히 실망스러운 나머지 경멸에 가까운 외침이었다.

그는 물벼락이라도 맞은 것처럼 정신이 번쩍 들었다. 그 말이 자신을 겨냥한 것이 아니길, 그는 내심 바라며 입술을 다물었다. 하지만 이미 마음속 깊은 곳에 박혀버린 후였다.

그녀의 말은 한낱 비판이 아니었다. 로를 향한 실망이 곧 경멸로 번졌고, 그는 도저히 받아들일 수 없었다. 호의는 악의로 바뀌었고, 가까스로 느꼈던 동질감은 연기처럼 흩어졌다.

로는 어깨를 곧추세우고 제이의 시선에 정면으로 맞섰다. 물러선다면 그건 패배였다. 예술을 향한 순수한 갈망조차 오해받는 순간, 그는 공연장을 찾은 자신을 꾸짖었다. 그리곤 멈췄다. 그 말은 날카로웠다. 정확해서, 피할 수 없었다.

로는 제이의 말 사이에 들어찬 조급한 숨결을 들여다보았다. 낯익은 억지가 떠올랐다. 곧 치밀어 오르는 화가 누그러지고 침착해졌다. 그는 애써 미소를 짓고 입을 열었다.

“좋아요. 내가 갇힌 사람이라면—아직 무언가를 품고 있다는 뜻이군요. 그렇다면 당신은… 흘려보낸 거겠죠. 상실이 더 나은 자유였다고… 정말 그렇게 믿나요?”

잠시 침묵이 흘렀다. 당황하기란 제이도 마찬가지였다. 자기 말이 흘러나오자마자, 그녀의 눈이 놀라서 커졌다. 로가 워낙 도도했기에 언젠가는 골탕 먹이고 싶긴 했지만, 그건 자신도 모르게 튀어나온 소리였다. 처음 만났을 때의 로 태도가 그녀의 당돌함을 부추긴 걸지도 몰랐다.

공연장 옆 카페에 앉은 두 사람이 오페라 얘기를 할 때, 로는 집요하게 엘비노 역을 물고 늘어졌다. 몽유병자인 아미나가 잠에 취한 상태에서 엘비노를 그리워하는 노래를 부른다는 게 허무맹랑한 발상이라며 투덜댔다. 몽유병자가 잠든 채 누군가를 그리워한다는 설정 자체가 난센스라고 했다. 전원극 오페라는 늘 허황하다고 못박자, 음악을 하는 제이는 더 이상 침묵할 수 없었다.

로가 천천히 다시 말했다. 표정이 한결 부드러워졌다.

"난 당신이 왜 그런 말을 했는지 알고 있어요. 따지고 보면 당신도 갇힌 자인 건 매한가지입니다."

놀란 제이가 입을 떼려고 했지만 로는 틈을 주지 않고 말했다.

"갇혔다고요? 기억일 겁니다. 기억은 늘 과거에 머물고 그 과거는 결국, 상실의 기록일 수밖에 없죠. 그렇다면… 잃었다는 건 뭔가를 소유했다는 뜻이죠. 결국 그것도 과거예요. 우리는 다 과거에 묶인 존재들 아닐까요."

로는 한숨을 내쉰 뒤 곧바로 이었다.

"당신은 잃는다는 것을 소유의 개념으로 말하고 있었어요. 그때 그랬죠. 소리를 잃었다고. 그렇지만 소리는 가장 본질적인 감각이자, 들리는 순간 곧 과거가 되는 존재죠. 아, 알아요. 당신은 반박하고 싶겠죠. 그렇지만 생각해 보세요.

소리는 들리는 순간 이미 사라지고 있죠. 존재했다는 감각조차, 기억이 남긴 잔향일 뿐이에요. 사라졌다는 말은, 다시 품을 수 없다는 뜻일지도 몰라요. 그건 늘, 기억 바깥에 있으니까."

"기억이 아니라, 생각이나 관념이 우리를 잡아둘 수도 있잖아요."

제이는 로의 말이 끝나자마자 재빠르게 대꾸했다. 그가 이야기하는 중에 두 번이나 말하려다 못한 그녀는 불만을 꾹꾹 눌러야 했다. 그렇지만 로는 그녀의 말을 예상한 듯이 받아쳤다.

"난 생각이나 관념 역시 과거일 뿐이라고 봐요. 그것이 행동으로 나올 때 그때만 현재인 거죠. 그렇게 생각하지 않으세요?"

제이는 자세를 고쳐 앉으며 가만히 로를 쳐다봤다. 조금 전까지는 아무렇지도 않던 표정이었지만, 그녀의 눈빛 속엔, 말하지 못한 감정이 소리없이 요동치고 있었다. 그건 마치 예전에 그가 후의 움직임에서 읽어낸, 사라지는 것에 대한 마지막 저항과 닮은 것이었다. 잊히기 직전, 존재를 증명하려는 신체의 언어처럼.

"그럼… 선생님은 제가 일부러, 소리를 듣지 않으려 했다고 보세요?"

말끝을 붙들고 있던 제이는, 조용히 숨을 들이켰다. 그 말은 확신이 아니라, 속에서 자라난 불안이 흘러나온 질문이었다. 되묻는 듯하면서도 어딘가 떨리고 있었다. 로는 그런 그녀를 바라보다가 나직하지만, 또렷한 어조로 입을 열었다.

"아니요. 당신이 일부러 듣지 않으려 한 건 아니죠. 단지 당신의 마음은, 그 소리를 들을 준비가 되어 있지 않았던 겁니다. 그래서 소리는… 당신 앞에서 살짝 미끄러졌던 거예요. 마음이 아직 열리지 않았으니까."

로는 숨을 깊이 들이마시고 나서 계속 이야기했다.

"하지만 당신은 분명히, 그 순간 소리를 밀어냈어요. 당신의 내면이 그것을 막았던 겁니다."

"막았다고요?"

"그렇습니다."

제이는 눈을 크게 떴다. 설명할 수 없던 감정이, 로의 말과 불안하게 겹쳐졌다.

"왜 그렇게 생각하세요?"

로는 책상 위에 놓인 커피잔을 한 번 굴려보고 나서 고개를 들었다.

"당신은 연주 속에서 과거와 현재를 오갔지만, 어느 순간 그 경계 앞에서 멈춰 섰어요."

그렇게 말했지만, 로는 확신한 건 아니었다. 그는 단 하나만은 알았다. 사라지는 것들이야말로, 가장 오래 남는다는 것.

"어쩌면 잊히는 것이 가장 오래 기억되는 방식일지도 몰라요."

로가 혼잣말처럼 중얼거렸다. 제이가 밀어냈던 그 소리는, 그가 붙들고도 손에 닿지 못했던 얼굴처럼—그녀의 소리도 스스로에게 닿지 못했을 뿐이었다.

제이의 눈동자에 낯선 빛이 스쳤다. 한 장면, 또 한 장면이 필름처럼 그녀 안에서 되살아났다.

제이의 손끝이 건반 위에 닿았을 때, 건반의 감촉은 낯설었고, 눌리는 순간 소리는 그녀를 스쳐 지나갔다. 들리지 않아서가 아니라, 가까운 것을 외면했기 때문이었다. 아니, 그녀가 스스로 밀어낸 걸까… 감정이 서로 엉켰다. 불안과 두려움, 그리고 무언가 설명할 수 없는 감각이 그녀를 짓눌렀다. 마치 그 순간이 과거와 현재를 잇는 경계가 되어버린 듯했다.

그녀는 꼼짝할 수 없었다. 세상은 무음에 잠겼고, 그녀는 그 공백 속에 홀로 남았다. 소리보다 더 짙은 침묵의 중심에서.

이제 그녀는 분명히 알 것 같았다. 그녀가 듣고 싶지 않았던 건, 소리가 아니라 과거 그 자체였던 것이었다.

"들리지 않았던 게 아니었어요. 내가 거부한 거였죠… 그 소리를, 그 순간을."

로는 제이의 말이 고요히 울리는 걸 느꼈다. 그녀는 소리를 밀어냈다고 했지만, 그 말은 그가 이미지 앞에서 겪은 공포와 다를 바 없다는 생각이 들었다. 그녀는 입술을 깨물며 나직이 말했다.

"소리는 너무 날것이었어요. 나를 열지 않으면, 그 소리에 잠식당할 것 같았어요."

그녀는 말했다. 로는 멈췄다. 그 말은, 그의 두려움과 정확히 겹쳤다. 닫아버릴 수밖에 없었던 것, 그것은 감정의 깊이였다.

로는 그룹전이 열리는 행사장으로 바로 가지 않고 이층의 상설전시실로 향했다. 오늘은 미술관에 기증된 작고한 화가의 유고작들부터 둘러볼 생각이었다. 그가 계단을 오르려다 백을 발견했다. 그는 팔을 들어 올려 인사를 건넸다. 어깨까지 흐른 머리와 거친 턱수염. 백은 늘 입던 낡은 남방에 해진 청바지를 그대로 걸치고 있었다. 로가 물었다.

"오프닝에 왔었어요?"

백은 어깨를 으쓱하며 씩 웃고는 짧게 손을 흔들었다.

"왔었지."

말을 덧붙이지 않았다. 로의 눈이 백의 어깨 너머로 잠깐 흔들리다가 곧 미소가 스쳤다.

"당신답네."

로가 웃으며 말하자 백은 다시 한 손을 흔들고 전시장 밖으로 걸어 나갔다. 로는 소리 내어 웃었다. 백다운 응답이었다. 불필요한 질문 하나를 단숨에 접어버리는 그의 손짓은 단호함이 아니라, 자유 그 자체였다. 백은 바깥으로 밀어냈고, 로는 안으로 끌어안았다. 두 방향의 사유는 결국 같은 흔들림 속에 있었다.

A 화가가 개인전을 열게 되어 오프닝에 갔을 때, 시장이 인사말을 길게 늘어놓자 대번에 자리를 박차고 나가버린 백이었다. 그 뒤 두 번의 그룹전을 준비하는 자리에서도 그의 행동은 변함없었다. 그의 고집은 그림에서도 드러났다—배제, 무타협, 명확한 형태.

로는 백을 존경했지만, 동시에 불편했다. 백의 단호함은 그의 균형을 흔들었다. 백처럼 모든 것을 배제하는 건 그의 방식이 아니었다. 미술관 행사, 작가들의 관계망, 인맥과 평가. 그것들을 외면하는 일은 쉽지 않았다. 그가 애써 잡으려 했던 균형은, 실은 흔들리는 감정의 추처럼 위태로웠다. 하지만 그 균형이란 게, 실은 불안정한 흔들림이었는지도 모른다.

전시회의 오픈식은 매번 작품의 주인공인 화가는 뒷전이기 일쑤였다. 일반인들은 찾아볼 수 없을뿐더러, 귀빈석을 차지한 고위 공직자나 정계 인사에 초점을 맞춰 진행했다. 로와 몇몇 화가들은 특정인을 위한 사교모임이 돼버리고 마는 오프닝 행사를 못마땅해했다. 하지만 아무도 백처럼 솔직하게 불만을 표현하진 못했다.

"우리 입장도 좀 이해해 줘. 전시회 한 번 열려면 관장이나 나나 지자체장 눈치를 얼마나 봐야 하는지 알아? 다음 예산 따내려면 별수 없잖아. 그걸 거머쥐고 있는 양반들 비위 맞춰줄 수밖에."

대학 선배인 협회장이 술자리에서 한 말이었다.

"그래도 전시를 보는 건 일반인들이잖아요. 관람객을 끌어모으려면 시민을 위한 프로그램 하나 정도는 만들어야 하는 거 아녜요."

"야, 다 알아. 그래도 팔아야 하잖아. 예술이든 뭐든, 결국 기억되는 게 중요하지. 시장이고 국회의원이고 다들 여기 와서 인맥을 쌓으려는 거. 그게 작가들한테도 도움 되는 거라고 본다니까!"

신출내기 학예사인 새까만 후배가 다음 전시의 기획 문제로 불만을 토로하자, 회장은 언성을 높였다. 이런저런 사정들로 작가들은 어쩔 수 없이 행사에 참여했지만, 개인전 열면서도 정계인사들 초빙해 인맥을 과시하려는 화가도 적지 않았다. 예술가로 살아남는다는 건, 작품보다 사람을 기억시키는 일이었다. 공공 전시는 작품이 아닌 정치의 성과로 포장되었다.

전에는, 로는 그럴 때마다 의기소침해졌다. 보이지 않는 무언가가 그의 숨을 조였다. 그때마다 그는 의도치 않게 권력의 그림자를 좇았다. 화단에선 미미했고, 그렇다고 백처럼 다 무시하지도 못했다.

로가 전시실 문턱을 넘으려는데, 피아노의 첫음절이 흘러나왔다. 익숙했다. 순간적으로 발길이 멈췄다. 모차르트 피아노소나타 K.333. 맑고 유려한 음들이 공간을 스치며, 기억을 부드럽게 흔들었다. 제이가 처음 이 곡을 들려주었을 때의 목소리가 함께 떠올랐다.

"이 곡은 감정을 단순히 풀어놓는 게 아니라, 절제하면서 이어가는 힘이 있어요."

로는 그 리듬 속에서 알 수 있었다. 예술도, 기억도, 완벽한 균형보다는 흔들림 속에서 살아가는 것이란 걸. 그의 어깨가 조용히 풀어졌다. 가슴에서 빠져나간 숨은 무겁고 따뜻했다.

기억은 신코페이션처럼, 예기치 못한 순간에 자신을 불러낸다. 모차르트의 리듬은 그를 흔들었다. 그에게 균형은 없었다. 흔들림—그것만이 그를 예술 속에서 살아 있게 했다.

"기억이란… 어쩌면 신코페이션Syncopation 같은 걸지도 모르겠어요."

"신코페이션이라뇨. 무슨 뜻인가요?"

"신코페이션, 음악에선 긴장과 리듬의 격차를 만들어주는 '당김음'이에요."

기억은 하나의 당김음. 흐름을 미리 흔들어, 다음 순간을 더 깊게 울리는—감정의 여운. 로의 눈이 빛나면서 목소리의 톤이 높아졌다.

"그럼 기억이란, 다음을 울리게 하기 위해 먼저 사라지는

음 같군요!"

제이의 비유가 마음에 든 로는 고개를 크게 끄덕였다. 기억은 잊히는 것이 아니었다. 그것은—다시 태어난 당김음이었다, 선율 사이에서.

"모차르트 음악 중에 신코페이션이 중요하게 작용하는 곡이 있어요. 바로 이 곡이죠. 모차르트 피아노소나타 k.333."

제이의 설명으론 k.333은 듣기에는 그저 아름답고 명쾌하지만 연주하기에는 상당한 내공이 요구되는 곡이었다. 미끄러지듯이 유려하게 연주해야 하지만, 자칫 손가락에 힘이 들어가 버려 완벽한 음을 연주해 내기가 쉽지 않다고 했다. 모차르트 피아노소나타들 가운데 특히 긴장을 유지하고 연주해야 하는 곡 중 하나라는 말이었다. 그러면서 그녀는 악보를 떠올리는 듯했고, 로의 호기심은 더 커졌다.

"이 음악을 처음부터 자세히 들어봐야겠어요. 곡에 대해 좀 더 설명해 주시겠습니까."

"K.333은 감정이 한껏 고조되다가도 억누른 듯 차분해지기를 거듭하는 음악이에요. 이 곡은 감정을 조용히 눌러 이성으로 바꾸게 해요. 그 절제된 긴장감이… 제게는 늘 울컥하게 다가왔어요."

제이의 말은 어떤 여운을 남기고 있었다. 로는 이 음악이 그녀에게 어떤 사연을 갖게 했을 거라고 직감했다.

“감성을 이성으로 변화시키는 절제된 힘을 느끼게 한다고요?”

“네, 악장마다 신코페이션 리듬이 짜임새 있게 잘 배치된 곡이에요. 그래서일 거라고 봐요. 명랑하면서도 차분하고, 맑으면서도 힘 있게 들리는 이유가. k.333이 특별히 아름다운 건 신코페이션 때문이란 걸 저도 한참을 지나서야 이해했지만요.”

“혹시 자신의 연주 소리를 듣지 못한 것과 이 곡이 관련이 있나요?”

로는 조심스럽게 물었지만, 그 질문이 제이를 당혹스럽게 한다는 걸 알아챘다. 가만히 그녀 대답을 기다렸다.

“그날, K.333 위에 손을 올린 순간—소리는 멈췄고, 귀는 완전한 침묵 속에 머물렀어요.”

그 순간, 손끝은 떨렸고 심장은 한 박자 멈췄다. 제이는 알고 있었다. 그날의 침묵은 단지 귀의 고장이 아니었다. 무대에 오르기 전, 그녀는 선곡을 조정하고 싶었지만, 그런 제안은 허락되지 않았다. 공연 순서에 대한 논의조차 불가능했고, 감정의 표현은 위험한 것으로 여겨졌다.

무대는 열려 있었지만, 마음은 닫혀 있었다. 연주는 허락

되었지만, 감정은 검열당했다. 그녀는 소리를 선택할 수 없었다. 정해진 리듬 속에, 몸을 숨죽이며 끼워 넣는 수밖에 없었다.

공연이 끝난 후, 지휘자는 단조롭게 말했다.

"괜찮았어요. 다음엔 좀 덜 정적이면 좋겠네요."

그 말은 감정이 지나치게 억제됐다는 뜻처럼 들렸다. 그 무대엔 마음이 없었고, 음은 구조만 남아 있었다. 박수 대신 돌아온 침묵. 표현이 독창성보다 위험하다는 경고. 감정은 통과되지 않았고, 연주는 구조 속에 갇혀 있었다.

"그건 당신이 만든 침묵이 아니었어요."

로는 잔잔한 눈길을 보내며 말을 이었다.

"소리를 밀어낸 게 아니라, 소리가 닿지 않도록 설계된 환경 속에 있었던 거죠. 당신은 그 침묵 속에서 연주한 것뿐이에요."

제이는 생각했다. 공연의 침묵은 고장이 아니었다. 그것은 구조였다—감정을 지운 채 완성만을 요구하는 시스템의. 그녀는 소리를 거부한 게 아니었다. 거부당한 소리 속에서, 체념하듯 연주하고 있었던 것이다. 그녀가 K.333 앞에서 마주한 고요는 음이 아닌 현실이었다. 그것은 선택할 수 없는 구조, 그 이름의 침묵이었다.

제이의 눈은 웃고 있었지만, 이제 더 이상 자신에 대해 말하지 않겠다는 결연함을 담고 있었다.

*

윤기 흐르는 검은 음반이 턴테이블 위에서, 침묵의 리듬을 고요히 예열하고 있었다. 로는 톤암을 들어 조심스럽게 바늘을 내려놓았다. 맑고도 차분한 선율이 퍼지자, 그는 가만히 숨을 들이쉬었다. 거실 창밖의 햇빛이 번지고, 음 하나가 공기를 살며시 흔들었다.

붓을 들어 올리는 순간, 로는 깨달았다. 지우려는 붓질 속에서도 색은 남고, 사라지는 소리에도 흔적은 남는다. 사라지며 살아남는 것이, 예술의 방식이었다. 지우려 했던 기억은—지워진다는 사실을 깨닫는 순간, 더 짙게 떠올랐다. 붓끝이 캔버스를 스치자, 선은 물결처럼 흔들렸고, 기억은 조용히 흘러나왔다. 그리고 이제는, 그 흔적이 선명해지기를 원하고 있었다.

그것은 단지 한 사람의 사유가 아니라, 예술을 지키기 위한 시간의 노동이자, 흔적을 남기기 위한 투쟁이었다.

로는 더 이상 그것을 지워낼 이유가 없었다. 오히려, 더욱 뚜렷하게 남아야 할 것이었다. 그 얼굴은 아주 조용히, 캔버스 위에서 다시 살아났다. 신코페이션처럼—울림을 남기기 위한 진동으로.

후도 알까. 그날의 춤처럼—그림은 잔상을 남기기 위해 그려지는 게 아니라, 살아남기 위해 그려지는 것이란 걸.

그녀의 춤이 스쳐 지나간 것처럼, 그는 흔적을 남기기 위해 지우는 붓질을 이어갔다. 사라지는 것들이 오히려 더 오래 남는다는 믿음으로.

벽을 넘어서

기억은… 결국 두 번째 창조야.
잊히지 않는 방식으로 남는 것.
나는 그걸… 그리려는 거고.

로가 창고 같은 철문을 밀었다. 둔탁한 소리가 밀려나며 공간이 틈을 벌렸다. 첫발을 내디딘 로는 눈을 가늘게 떴다. 안은 흐릿했다. 안갯속 꿈처럼. 밝지도, 어둡지도 않은 흐린 풍경. 그러다 갑작스레 은은한 빛이 벽면을 타고 퍼졌다. 공간 전체가 서서히 밝아졌다. 그는 고개를 들어 주위를 둘러보았다.

높이 떠 있는 천장이 눈에 들어왔다. 거친 시멘트벽과 함께 백 평 가까운 홀의 스케일이 한꺼번에 밀려왔다. 무언가가 낯설게 느껴졌다. 빛도 공기도 방향을 잃었다. 흩어지고, 멈추고. 공간이 시간을 가로막고 있는 듯했다. 로는 그 낯섦이 구조 때문이라는 걸 곧 알아챘다. 기둥 없이 드러난 허공, 반사되지 않는 벽의 피부.

십여 년 만에 찾은 카사블랑카는 외형만큼이나 내부도 크게 변해 있었다. 과거의 목재와 브라운 톤은 사라졌고, 그레이와 스틸 프레임이 자리를 대신했다. 벽면을 따라 큼직한 액자들이 걸려 있었고, 바닥은 세련되게 마모된 콘크리트로 마감되어 있었다.

중심부 한쪽에 디의 모습이 드러났다. 그는 테이블 위에 책을 펼친 채 조용히 읽고 있었다. 머리 위 큰 펜던트 조명이 그의 어깨와 손을 감싸듯이 비췄다. 빛이기보다는 온기처럼 보였다. 어둠은 여전히 공간 안에 머물고 있었지만, 그 고요한 중심부만은 뭔가 환한 기류가 느껴졌다.

"롭 곤잘레스의 그림이군."

로는 자리에 앉으며 벽면을 향해 시선을 던졌다. 그의 시선이 머문 건, 왼쪽 벽 중앙에 걸린 대형 액자였다. 디는 콧등에 걸쳐 있던 안경을 끌어 올리고 고개를 돌렸다. 그림을 잠시 바라보다가, 주변을 휙 둘러본 뒤 대꾸했다.

"그런 화가는 처음 듣는데? 그림이 꽤 묘하네. 전에는 기둥마다 피카소 그림들이 걸려 있었잖아. <게르니카>나 <아비뇽의 처녀들> 같은."

"맞아. 예전엔 피카소가 사랑한 여인들을 뒤틀린 형상으로 그린 인물화들이었지. 실내 분위기를 바꾸면서 작품도 바꾼 모양이야. 이번에는 아마 색채나 스타일 위주로 골랐을 거야. 곤잘레스의 작업은 대부분 비현실적이지. 저렇게 일상의 형태들로 환상적인 장면을 만들어내는 방식."

"판타지 영화 속 한 장면 같지만… 더는 그걸 환상이라 부를 수도 없을 것 같아. 세상 자체가 늘 초현실로 넘쳐나니까."

디가 천천히 일어나 그림 앞에 섰다. 그는 알 수 없는 이끌림으로 그림을 주목했다. 발이 그 그림 속으로 스며드는 것만 같았다. 그 안에선 시간과 공간이 분해된 채 떠돌고 있었다. 존재가 외피를 벗고 다른 차원으로 이행하는 듯했다.

캔버스 한가운데, 초록빛 벌판이 넓게 열려 있었다. 두 방향으로 이어지는 구조물—왼편엔 교회의 첨탑을 닮은 붉은 지붕들이 정렬돼 있고, 오른편엔 동일한 높이로 이어지는 잿빛 울타리가 텅 비어 있는 공간을 감싸는 풍경이었다.

그리고 그 사이, 하나의 경계선이 있었다. 지붕과 울타리를 연결한 기다란 외나무다리. 그 위를 한 아이가 걷고 있었다. 양팔을 새처럼 벌리고, 숨을 멈춘 채 균형을 잡으며, 허공 위를 한 걸음씩 나아가는 모습이었다.

그 아이는 혼자가 아니었다. 뒤따르는 또 다른 아이가 같은 자세를 취하며 따라오고 있었고, 멀찍이 떨어진 울타리 끝에도 세 번째 아이가 날갯짓하며 걷고 있었다.

로는 말없이 디 너머로 그림을 응시했다. 그림 속 아이들의 동작은 멈춰있었지만, 그 불안정한 균형감이 눈을 떼지 못하게 만들었다.

“이건… 완전히 아찔함 그 자체로군.”

디는 안경테를 만지며 한 발짝 더 그림 앞으로 다가섰다. 빛에 반사된 렌즈 뒤에서 그의 시선이 살짝 흔들렸다.

“그런데 이상하지 않아? 분명 위험한 상황인데도, 전혀 불안하지가 않아. 오히려 평화로워.”

디는 그림 속 아이들의 발끝을 물끄러미 바라보았다. 허공 위, 아이들은 균형을 잃지 않았다. 마치 시간이 멈춘 듯.

“그게 바로 작가의 의도지. 초현실적인 장면을 담고 있지만, 무의식에 의존하지 않아. 철저히 의식적으로 설계된 구도라서 그래. 초현실주의자들 대부분이 무의식을 부각시켰다면, 롭 곤잘레스는 정교한 구성으로 시각적 불편함을 없앴거든.”

“그래서 더 묘했구나. 허구인데 현실 같고, 환상인데 불안하지가 않아. 영감이 아니라 계산된 공상이었군.”

디가 중얼거리듯이 말했다.

“맞아. 다른 초현실주의자들의 작품과는 다르게 이 사람 그림에는 공포가 없지.”

‘공포가 없다.’ 그 말에 디가 멈칫했다. 마치 가슴 어딘가를 찔린 것처럼. 순간 번개처럼 떠오른 이미지—탄야. 무의식 상태에서 위태로운 감정을 반복하던 그녀. 그 속에서 유독 결여된 무엇. 그게 바로, 공포였다. 탄야는 허공 위를 걷고 있었다. 그러나 이상할 만큼 평온했다. 위태로운 선 위인데도, 흔들림은 없었다.

디는 다시 그림을 바라봤다. 그 안엔 정지된 평화가 감돌았다. 그러나 그것은 평화라기보다, 기이한 침묵에 가까웠다. '이건… 극단의 위태로움을 가장한 평화다.' 고개를 숙일 때의 정적. 그림은 그 기운으로 뒤덮였다. 그런데도 긴장감은 없었다. 그는 저도 모르게 숨을 들이마셨다. 말보다 빠른 감각이었다.

"슬프다… 아니야. 슬픔이 숨어있어. 완벽하게."

나직한 중얼거림인데도 그 말이 공간을 흔들었다. 로는 순간적으로 안에서 얼어붙었다. 그건 단순한 감상이 아니었다. 디는 이 작품의 핵심을 정확히 꿰뚫고 있었다. 마치 오래전부터 알고 있던 진실을 이제야 말하는 사람처럼.

'슬픔을 어떻게 감출 수 있을까.' 수년간 로가 붙잡던 질문을, 디는 단숨에 풀어냈다. 롭 곤잘레스의 슬픔은 세 겹이다. 평화로움. 아찔한 구도. 의도된 긴장 없음. 그렇게 작가는 슬픔을 가장 고차원적인 방식으로 숨겼다. 그런데 디는 그 숨겨진 설계를, 단 눈빛 하나로 해독해 낸 것이다.

완전한 슬픔은, 완전한 사랑만큼 이해하기 어렵다. 그것을 알아보는 사람이라면, 내면 어딘가에 자신의 슬픔을 숨기고 있을 게 분명했다.

로는 알 수 있었다. 디는 자신의 이야기를 조금씩 말하려는 중인 것이다. 지금까지 왜 한 번도 그의 삶을 말하지 않았는지, 그리고 오늘 왜 로를 만난 것인지. 그의 침묵은 얼마 지나지 않아 곧 말이 될 터였다. 로는 조바심이 났지만, 기다렸다. 디가 입을 여는 순간—그림처럼, 조각들이 이어질 것 같았다.

“비가 오면 탄야는 뛰쳐나갔어. 옷을 벗고, 빗속으로 몸을 던졌지. 멀리서 보면 해방 같았지만… 아니었어. 그건, 거의 형벌이었어. 말리는 건 불가능했지. 그저, 시간이 그녀를 지나가길 기다릴 수밖에 없었어.”

디의 목소리 아래쪽 어딘가에서 잠깐 흔들림이 일었다. 로는 갑자기 오래전 젖은 날의 냄새가 코끝을 맴도는 기분을 느꼈다. 그런 비의 장면. 그런 공기. 그런 정적.

“어느 날 밤이었어. 방문이 스르르 열렸고, 탄야가 들어왔지. 눈은 나를 향하지 않았고, 말도 없었어. 그냥… 방 안에 안개처럼 조용히 흘러 들어온 거야.”

디는 그 순간을 손끝으로 더듬듯 천천히 묘사했다. 기억이라기보다는 색을 섞는 붓질 같았다.

"그날 이후, 자꾸 그 생각이 나. 왜 따라나서지 않았을까. 왜… 비가 멈추기를 기다렸던 걸까."

한참을 망설이다가 디는 덧붙였다. 탄야는 고등학생 때, 집안일을 돕기 위해 친척이 보낸 도우미였다. 그녀가 자신에게 어떤 존재였는지—지금도 규정할 수 없다고 했다.

"… 아니, 애초에 규정하고 싶지 않았는지도 몰라."

로는 묘한 당혹스러움과 함께 고개를 끄덕였다. 디가 후가 아닌 다른 여자를 이렇게 자세히 말한 건 처음이었다. '탄야'라는 이름이 불쑥 튀어나오는 순간, 로는 자기 안에서 뭔가가 서서히 어긋나는 걸 느꼈다.

"그 애는… 어느 밤, 잠옷 차림으로 집 안을 서성였어. 몽유병이었지."

가장 깊은 수면 중 깨어 움직이는 상태. 눈은 떠 있으나 의식은 없고, 깨어나면 기억조차 없는 병. 의사는 그렇게 말했었다. 그날 이후, 가족들은 밤마다 창문을 걸어 잠그고, 위험한 물건들을 치우며 순번을 정했다. 하지만 증상은 더 심해졌다. 그리고 어느 순간부터는, 잠든 상태가 아니어도 비만 오면 그녀는 사라졌다. 마치 누군가에게 끌리듯, 묵묵한 걸음으로.

“그날 밤, 비는 모든 걸 삼킬 듯 쏟아졌어. 천둥이 북처럼 울렸고, 번개가 어둠을 찢었지.”

디는 거리 저편, 한 블록쯤 떨어진 지점에서 희미한 흰 실루엣을 보았다. 그리고 실루엣은 곧 사라졌다. 그는 뒤집힌 우산을 던지고, 그 방향으로 뛰었다. 그의 말이 머금은 장면들은 로의 머릿속에서 그로테스크하게 그려지기 시작했다.

“기억은, 어느 순간 발작처럼 몰려와. 현실보다 더 생생하게. 근데 그 기억은… 사라지질 않아.”

한참이 흐른 뒤, 디가 나직이 말했다. 이야기 도중, 그는 더러 눈을 감고 있었고—마치 그날로 다시 걸어들어간 사람처럼. 그리고 그 이후, 탄야는 돌아오지 않았다. 디의 말은 거기서 끊겼다.

탄야는 까만 곱슬머리를 두 갈래로 땋아, 가슴께까지 드리운 소녀였다. 눈을 자주 아래로 깔았지만, 웃을 땐 덧니와 주근깨가 함께 번졌다. 디는 마치 먼 수면 아래로 가라앉듯 말하고 있었다.

“노래를 부르면 허스키한 중저음이었어. 보니 타일러 같았지. 가수로도 성공했을 거야.”

로는 조용히 물었다.

"그녀… 소식은, 들었어?"

디는 고개를 두 번, 천천히 가로저었다. 모든 것이 그 침묵의 부정 안에 담겨 있었다. 디의 이야기를 듣고 난 로의 머릿속은 완전히 뒤엉켜버렸다. 탄야라니… 그는 후에 대한 이야기를 예상했지만, 디는 전혀 딴 곳으로 향하고 있었다.

로는 생각했다. 왜 하필 지금, 탄야일까. 그녀를 다시 찾으려는 걸까? 아니면 끝내 말하지 못한 한 조각의 기억일 뿐일까? 그는 알 수 있었다. 디는 아직도 그녀 안에 머물러 있었고, 그녀는 여전히, 디의 안에서 흔들리고 있었다. 그리고, 후는 이 이야기를 알고 있을까? 의문이 머릿속을 채웠다. 무엇보다 후가 탄야에 대해 알고 있는지가 불현듯 더 궁금해졌다.

답은 없었다. 그의 입은, 시간으로 봉인된 자물쇠 같았다. 로는 더 묻지 않았다. 디의 말이 남긴 잔향만을, 오래도록 머금었다.

후의 몸이 작게 흔들렸다. 아니, 흔들린 건 그녀였는지 세상이었는지 알 수 없었다. 침몰하는 갑판 위에서처럼, 그녀는 손을 뻗었지만 잡히는 건 없었다.

디는 떠났다. 그리고 후는 그와 함께 부서지고 있었다. 그날 이후, 디와 함께 격정적인 순간을 보내고 나면 후의 몸은 늘 천천히 가라앉는 배처럼 느껴졌다. 파도가 조용히 그녀를 덮었고, 안쪽 어딘가는 쪼개지듯 무너지고 있었다. 숨은 이어졌지만, 공기가 더는 들어오지 않았다. 그저 폐의 형태만 남은 감각.

한때의 장면들이 파도처럼 밀려왔다. 그의 손길, 낮은 목소리, 그녀를 바라보던 진한 시선—이제 그것들은 기억 속에서 나무 조각처럼 부서지고 있었다.

디는 어느새 등을 돌린 채 잠이 들었다. 고르고 깊어지는 숨소리가 공기 속에 미세하게 스며들었다. 너무 일정해서, 오히려 낯설었다. 감정을 밀폐한 방 안, 거기 숨어 있는 사람 같았다.

후는 고개를 슬며시 돌렸다. 희미한 빛이 그의 옆얼굴을 따라 번지고 있었다. 너무 선명한 이 순간이 오히려 꿈처럼 느껴졌다. 다시 그의 등을 바라보았다. 어둠 속에서 그의 몸은 하나의 움직이지 않는 벽처럼 보였다. 닿고 싶었지만, 그는 너무 멀리 있었다.

후는 눈을 감았다. 그 순간, 빗속을 달리던 어딘가의 잔상이 떠올랐다. 디가 들려준 이야기 속—이름조차 없는 누군가. 하지만 그 형상은 기묘하게도 자신의 감각 깊은 곳을 건드리고 있었다. 닿을 수 없는 존재들—탄야도, 디도. 그리고 이제는, 자기 자신조차 자신에게서 멀어지는 듯했다. 지금 그녀 앞의 벽은 디였지만, 그보다 더 깊은 어딘가에선… 자신이, 자신의 벽이 되어가고 있었다.

숨을 밀어 넣듯, 후는 가슴을 부풀렸다. 안쪽 어딘가가 소리없이 갈라지고 있었다. 디는 곁에 있었지만, 늘 멀었다. 손이 닿는 거리에 있는 듯했지만, 그의 마음은 전혀 다른 궤도를 돌고 있었다. 그 침묵의 방향을 따라가려 애썼지만, 아무리 가까이 가도 닿지 않았다. 마치 서로 다른 박자 위에서 걷고 있는 사람들처럼.

손끝은 스쳤지만, 마음은 스치지 않았다. 말은 있었지만, 그 말엔 아무도 없었다. 그 절벽 같은 존재 앞에서—왜 나는, 그렇게 오래 기대고 있었을까. 후는 단단한 중심을 잃은 채, 말없이 그 자리에 있었다. 그녀의 말도, 움직임도 더는 닿지 않았다. 그녀는 이제—공간 속에 놓인 하나의 장식처럼. 그저 배경처럼, 머물고 있었다.

처음부터 그랬던 건 아니었다. 디는 처음엔 정성을 다해 그녀를 끌어올렸다. 그의 손은 치밀했고, 섬세했고, 그 떨림은 황홀감과 충만으로 변했다. 하지만 그 감정 뒤엔 어김없이 무게감 있는 침몰이 찾아왔다. 그건 충만함이 아닌, 고요한 가라앉음이었다. 그리고 이제는—충만도 공허도 사라지고 그저, '존재'일 뿐인 무언가가 되었다. 누구에게도 닿지 않고, 누구에게도 기억되지 않는 투명한 기체처럼.

후는 가만히 등을 대고 누웠다. 눈을 감자, 어디선가 오래전부터 밀려오고 있었던 파도가 몸 안을 덮었다. 이미 그녀 안에 있었던 것처럼. 몸이 흔들렸고, 어딘가가 소리 없이 갈라졌다. 그리고 그 파도 속으로—그녀만이 아니라, 그와 그녀 사이… '우리'였던 무언가도 함께 가라앉고 있었다.

후의 목소리는 사태의 심각성을 말보다 먼저 알려주었다. 로는 그 안에서 전과는 다른 무언가를 감지했다. 그녀의 음성엔 아주 미세한 떨림이 있었다.

"로,… 디가 떠난 게, 단순히 그 여자 때문만은 아니었어."

후는 이미 탄야에 대해 알고 있었다. 로는 놀랐지만, 동시에 안도했다. 그녀의 톤은 점점 낮아졌고, 말은 망설임 없는 확신으로 바뀌고 있었다.

"그는… 뭔가를 찾고 있었어. 탄야 때문인지, 나 때문인지는 모르겠지만… 지금은, 알 것 같아."

로는 핸드폰을 쥔 손에 힘을 주며 확고한 어조로 말했다.

“아닐 거야, 후. 디가 떠난 건… 단지 그런 이유만은 아니었을 거야.”

후는 다시 나직이 말했다.

“나는 탄야를 몰랐어. 그가 그녀에게 어떤 의미를 두고 있었는지, 그땐 정말 몰랐어. 하지만… 디는 결국 떠났을 거야. 그게 누구 때문이든 간에.”

그녀는 이제야 비로소 디를 이해하게 되었다고 했다. 그가 회피한 게 아니라—어쩌면, 너무 깊이 무언가를 파고들었기 때문이라고. 그런데도 마음 어딘가에는 아직도 그의 체온 비슷한 것이 남아 있는 듯했다. 떠났다는 사실을 받아들였지만, 완전히 놓아준 건 아닐지도 몰랐다. 그래서 이제는, 그를 붙잡으려 하지 않겠다고 했다. 아니, 붙잡을 수 없다는 걸 알게 되었다고.

그런데… 정말 그럴까. 아직도 어딘가엔 디가 남긴 호흡 같은 것이 떠다니고 있는 것만 같았다. 마음 한구석은 여전히 물안개처럼 그를 감싸안고 있었고, 그 안에서 자신조차 더듬고 있었다.

“그는 떠나야 했어. 그가 찾으려던 건 단지 기억이 아니라—그 너머였어. 더 깊은 무언가. 이젠… 알겠어.”

로는 길게 숨을 들이마셨다. 가슴안 어딘가에 미세한 떨림이 있었다. 그는 알 수 있었다. 후는 자신의 상실을 말하는 게 아니었다. 그녀는, 디가 남긴 질문에 조용히 응답하고 있었다. 그는 고개를 천천히 끄덕였다.

"그래… 어쩌면, 네 말이 맞을지도 몰라."

로는 한숨을 내쉬며 말했다. 말은 짧았지만, 그 한숨 속에 누군가의 여정이 통째로 담긴 듯했다. 그도 같은 생각이었다. 디는 단지 과거를 좇은 것이 아니었다. 그보다 더 본질적인 무언가—기억 너머의 진실을 향해 걸어갔던 것이다. 탄야는 그의 마음을 흔들었지만, 진짜 그가 바라본 건… 그 너머의 자리였다.

그 순간, 로는 어렴풋이 떠올렸다. 그녀는 아마도 자신을 기다리고 있을지 모른다. 핸드폰을 소리 없이 내려놓았다. 후를 만나야겠다는 생각만으로도, 심장이 갑자기, 아주 세차게 뛰기 시작했다.

그날 이후, 며칠이 지나서였다. 후는 그와 다시 마주 앉아야겠다는 생각이 들었다. 그렇게 전화기를 들었고, 멈춰있던 대화의 시간이 다시 흐르기 시작했다.

로가 후의 연습실에 들어섰을 때, 그녀는 창가에 서 있었다. 마치 방금 누군가를 배웅한 사람처럼. 머리는 단단히 묶여 있었고, 몸엔 검은 연습복이 정갈하게 감겨 있었다. 그녀가 천천히 돌아보았다. 눈에 담긴 공허가 희미한 미소로 번졌다. 그 미소가 누구를 향한 것인지는 알 수 없었다. 무슨 말을 꺼내야 할지 몰랐던 그는, 디와 나눈 마지막 대화가 무엇이었는지를 물었다.

후는 아랫입술을 지그시 깨물고, 한참을 그대로 서 있었다. 그러고는 아주 느린 말투로 이야기했다.

"그날… 내가 바이올린 연주 영상을 하나 보냈거든. 일본 연주자인데… 음악이 마치 파도 같았어. 거대한 파도가 몰려오고, 다시 밀려나가는 흐름. 그런 거."

그녀는 그 장면을 떠올렸다. 목련 봉오리가 막 피기 시작하던 2월의 정오. 빛은 너무 희고, 공기는 더없이 맑았다. 모든 것이 조용히 명징하던 시간이었다.

"근데 그는 시큰둥했어. '그건 간접경험이잖아'라고 하더라. 내 옆에 있지 않으면 감흥이 없대."

후는 작게 웃었다. 그러다 이내 시선을 내려뜨렸다.

"그땐 그냥 음악 얘긴 줄 알았어. 그가 연주자에게 관심이라도 가지는 줄로만…."

"그럼에도 난 좋았어. 폭풍 전야 같은 긴장감이랄까. 머리가 맑아지는 느낌. 그래서 그 장면을 무용 작업에 써볼까 싶었지."

그리고 그때, 디가 말했다.

"난 너만 있으면 맑아져. 그러니까, 내 곁에 있어줘. 음악보다 더."

후는 그 말을 가볍게 넘겼다. 장난처럼 들렸으니까. 하지만 지금 그 말이 자꾸만, 자신 안쪽으로 파고들고 있었다. 그는… 떠날 준비를 하고 있었던 걸까. 그리고, 또 하나의 말이 있었다.

"넌 내 목숨이라니까."

그녀는 웃으며 받아쳤다.

"그건 너무 진부해. 그 이유 세 가지만 대봐."

그는 대답하지 않았다. 지금 생각해보면—그 말들은 모두 마지막 인사였는지도 몰랐다.

침묵이 흘렀다. 후는 말을 잇지 못했고, 로도 말없이 그 자리에 있었다. 잠시 후, 후가 다시 입을 열었다.

"그와 마주 앉아 있는데… 가끔은, 마치 옆에 없는 사람 같았어."

"존재가 아니라, 잔향 같은 느낌. 자기 자신조차 잊고 있는 사람처럼."

그녀는 다시 창밖을 바라보며 미소 지었다. 그 미소는 여전했고, 공기는 너무 맑아 눈이 시릴 지경이었다.

"그는 손끝에 닿기 직전의 온기 같았어."

후의 말끝이 농담처럼 흘렀지만, 로는 알 수 있었다. 그 말이 얼마나 정확한 비유인지. 디는 그런 사람이었다. 가까이 있어도 손에 잡히지 않고, 기류처럼 스쳐 사라지는 존재. 맑은 날의 바람처럼—분명 다녀갔지만, 닿지 않았고, 남지 않았다.

"어쩌면… 그가 떠난 건, 자유로워지고 싶어서였을지도 몰라."

로가 속삭이듯 말했다.

"누구 때문도 아니고. 그냥… 머물 수 없는 사람이었겠지."

로는 후를 바라보았다. 그녀는 고개를 끄덕이지도, 부정하지도 않았다.

디는 가끔 시를 썼다. 그녀에게 들려준 적도 있었고, 그날도 예외는 아니었다.

"어제 문득, 괴테와 레베초프가 떠올랐어. 그래서 시를 하나 끄적였지. 제목은 '오늘'. 아직… 미완성이야."

후는 기억을 더듬듯, 조용히 그 구절을 되뇌기 시작했다.

오늘도 다시 돌아오지 않을 길로 흘러가

바람처럼—머물지 않고 스쳐 지나가

미래는 아직 도착하지 않았어

지금—더 따뜻한 시선을, 지금 여기에

…

뒤돌아보지 말라고 흐름을 놓치지 말라고

영원의 사랑을 길어 올릴 수 있는 건 오직 시간

지구를 귤 하나 크기의 아름다움으로 어루만지는 것

그럴 수 있는 건, 오직 오늘뿐

후는 시선을 내리고, 가만히 숨을 들이마셨다. 말보다 긴 숨이었다. 로 역시 말을 삼키며, 그 고요 안에 함께 머물렀다.

디의 시는 흡사 외나무다리 위에서 균형을 잡고 선 아이들의 발끝을 닮아 있었다. 떨리면서도, 흔들리지 않는. 어쩌면 로 역시 그 위를 걷고 있었는지도 몰랐다. 허공에 발을 내딛는 존재. 멈추지 않고, 머물지도 않는.

잠시 후, 후가 침묵을 깨뜨렸다. 그 마지막 구절을 입안에서 천천히 굴리고 있을 때— '지구를 귤 하나 크기의 아름다움으로 어루만지는 것…' 그 순간, 디의 목소리가 어딘가에서 되살아났다.

"널 만나는 게 얼마나 파격적인 일이었는지… 너는, 몰라."

그 말의 뜻을 후는 온전히 이해하지 못했다. 디는 고개를 살짝 돌렸고, 혼잣말처럼 말했다.

"그래, 파격이 본격이 되어야지."

그건 누군가에게 들려주기보단, 스스로에게 속삭이던 주문 같았다. 이내 그는 숨을 쉬었다. 숨 끝에서 무언가가 툭, 떨어지는 듯한 울림으로 이어졌다.

"우린, 사랑이 뭔지도 몰라. 애욕의 변태를 사랑이라 착각할 뿐이지."

그 말을 끝으로, 후는 더 이상 어떤 말도 꺼낼 수 없었다. 그녀는 가만히 손끝을 감싸쥐었다. 마음 한 켠에 고요히 눌러 앉던 떨림이, 온몸으로 번지고 있었다.

이제야 그녀는 조금 알 것 같았다. 과거는—손으로 잡을 수 있는 게 아니었다는 것. 그러니 '오늘'을, 이 짧고 유일한 순간을 자신의 손으로 조용히 길어 올려야 한다는 것을.

후의 어깨가 살짝 흔들렸다. 그 떨림이 디를 그리워해서인지, 아니면— 이제야 그를 놓아줄 수 있음에서 비롯된 것인지, 로는 알 수 없었다. 단 하나, 분명한 것은 있었다. 이제 더는 자신의 감정을 숨기지 않아도 된다는 것. 그는, 그 사실 하나로 충분했다.

로는 말없이 몸을 일으켰다. 후 앞으로 다가가, 두 손으로 천천히 그녀를 일으켜 세웠다. 그녀의 여린 몸이 그의 가슴께 조심스레 기댔다. 둘 사이, 누구의 것인지 분간할 수 없는 심장박동이 아주 작게—그러나 분명히, 요동치고 있었다.

창밖 오래된 나무에서 연갈색 꽃잎들이 소리 없이 하나둘, 떨어져 내렸다.

Imagine there's no heaven…

Imagine all the people, living for today…

후가 로의 아파트에 들어섰을 때, 익숙한 멜로디가 그녀를 감쌌다. 존 레논의 목소리. 그리고—디가 자주 불렀던 그 노래. 모두가 하나가 되는 세상을 상상하던 곡. 비틀즈, 그리고 디. 그가 가장 아꼈던 노래.

디의 목소리가 어딘가 숨어 있다가, 지금 이 공간에서 슬며시 말을 건네는 듯했다. 어느 날, 마르크스와 엥겔스를 이야기하던 저녁. 디는 이 노래를 흥얼거렸고, 그날은 모든 것이 단단하고 평화로워 보였다. '이별'이라는 단어조차 존재하지 않던 공기.

그랬기에 지금, 그가 떠났다는 사실이 아직도 도무지 불가해했다. 십 년을 쌓아올린 우정과 나날들. 그걸 한순간에 등질 수 있었던 그 비정함을 후는 아직 온전히 받아들이지 못했다. 그가 말하던 평화는 정말 세상을 향한 것이었을까. 아니면—떠날 이유를 찾기 위한 말이었을까.

음악은 여전히, 그 생각 속에서 흐르고 있었다. 후는 작게 숨을 들이쉬었다. 스스로의 마음을 가만히 되짚으며, 앞에 놓인 식물을 들여다봤다. 손은 가만히 제 다리를 감싸고 있었고, 얼굴은 차분했지만, 그 속에선 무언가가 득시글거리고 있었다. 빛에 반사된 잎 하나가 떨렸고, 그 떨림이 그녀 안의 감정을 대신 말해주는 것 같았다. 감정은 터지지 않았지만, 존재만으로 이미 말하고 있었다.

그녀는 고개를 돌려 천천히 로의 집안을 둘러보았다. 거실 절반이 작업 공간이었다. 안쪽 벽을 따라 방 하나만큼의 공간이 투명한 유리벽으로 구획되어 있었고, 그 안에는 이젤과 작업대, 화구들이 고요한 질서 안에 놓여 있었다.

그 앞에 선 후는 무언가에 이끌리듯 소리나지 않게 문을 열고, 안으로 들어섰다. 그리고, 정면 벽을 채운 커다란 캔버스를 마주했다. 그녀는 한 걸음 더 다가섰다.

그림은 흔한 구상에서 멀찍이 벗어나 있었다. 채색은 공간을 집어삼킬 듯이 퍼졌고, 색은 뒤엉켜 부유했다. 그리고 어딘가—그 너머로부터 시선을 보내는 듯한 존재감. 무언가가, 그림 안에서 자신을 바라보고 있었다.

"가이아와 우라노스야. 그리스 신화에 나오는 신들이지."

옆으로 다가온 로가 가만히 말을 건넸다. 후는 시선을 그림에 붙인 채, 낮게 중얼거렸다.

"가이아… 신들의 어머니였지. 우라노스는… 하늘."

"맞아. 가이아가 낳은 아들이자, 남편이기도 해. 대지를 상징하는 그녀와, 하늘의 우라노스가 사랑을 나누는 모습이야. 만물이 태어나기 직전의 순간. 그 처음을 그리고 싶었어."

"신이 사랑을 나눈다는 것 자체가… 낯설고, 좀 놀랍네."

후는 그림을 다시 바라보았다. 무질서처럼 보이는 배경—그러나 미세하게 나선형으로 휘도는 무엇. 그 중심에서, 하나의 형상이 또 다른 형상을 감싸고 있었다.

"신화 속 '태초'를 그려보고 싶었어. 『신통기』를 읽었거든. 헤시오도스라는 시인의, 신들의 계보 이야기."

로는 부드럽게 말을 이었다.

"신화에선 맨 먼저 등장한 게 '카오스'야. 모든 가능성과 공간의 알갱이. 그다음은 '가이아', 대지. 그리고 '에로스', 만물을 낳는 충동. 태초엔 오직 세 가지뿐이었어—카오스, 가이아, 에로스."

로의 말이 끝나자, 후는 경이감에 젖은 숨을 내쉬며 물었다.

"…그걸… 그림으로 표현하고 싶은 거야?"

"응. 이 무저갱 같은 바탕이 '카오스'. 두 형상은 가이아와 우라노스. 그리고 이 회전하는 운동감—그게 에로스야. 만물을 낳기 위한 힘. 사랑과 탄생이 겹쳐지는, 그 태초의 순간."

후는 숨을 고르며 캔버스를 바라보았다. 그 안에서 무언가가 끓고 있었다. 마치 전 우주가 지금 막, 처음의 숨을 들이마시려는 것처럼. 그녀는 한참을 바라보다가, 고개를 갸웃했다.

"태초란… 정말 이런 모습일까? 아무것도 없던 암흑 속에서, 어느 순간 사랑이 태어나고… 만물이 창조된다니. 그 모든 걸… 단지 신화로만 받아들여야 할까. 마치…."

그녀는 말을 멈췄다. 속으로만 생각했다. 마치, 디아 나이 관계처럼. 혼돈 속에서 시작된 감정. 정의할 수 없지만 분명히 이어졌던 그 시간들. 그게 꼭… 신화라고만 할 수 있을까. 그녀는 가만히 커피잔을 내려놓았다. 손은 평온했지만, 마음 한구석에서 뭔가가 요란한 소리를 냈다.

"신들처럼, 우리도 어떤 혼돈에서 비롯된 무언가였겠지. 그런데 로, 난 아직도 '태초'라는 걸 도무지 잘 모르겠어. 막연하고… 너무 멀어."

로는 소리 내어 웃었다. 그녀의 말은 정확히, 그가 말하고 싶었던 것을 짚어냈다.

"한밤중 아주 깊은 산속에 있었던 순간을 떠올려 봐. 길도, 나무도, 물소리도—아무것도 구별되지 않을 만큼 짙은 어둠. 그런 순간 말이야."

후는 곧바로 마트라 산속의 기억을 떠올렸다. 부다페스트 공연이 끝난 뒤, 혼자 찾았던 그 산. 완벽한 침묵과 어둠 속. 발을 옮길 때마다 소리가 공기 속에 스며들던 그 공간. 그날, 고개를 들어도 별 하나 없었고—손끝조차 보이지 않을 정도의 밤이었다. 어둠이 마치, 세상을 죄다 품고 있는 것처럼 느껴졌던 그때.

"그래, 그거야."

로는 그녀가 떠올린 바로 그 장면을 단박에 알아챘다.

"나는 그런 어둠 속에서, 땅과 하늘이 처음으로 경계를 드러내는 찰나가 태초일 거라고 상상했어."

후는 그의 말에 서서히 빨려들었다. 태초—그걸 감각하는 것이 정말 가능할까.

"신기하지 않아?"

로가 말을 이었다.

"헤시오도스는 앞을 보지 못하는 시인이었어. 그런데도, 대부분이 보지 못한 걸 보았지. 아니, 어쩌면—보지 않았기에 더 잘 본 것일지도 몰라. 그는 인간들 사이의 감정, 사랑, 우정, 분노 속에서 신의 힘을 발견했어. 우리는 자연과 사람을 그대로 보지만, 그는 그 너머에 있는 움직임과 원리를 본 거야."

"상상력만으로…? 그 넓은 우주를, 탄생부터 끝까지 신화로 풀어냈다고?"

후는 되묻다가, 스스로도 놀란 표정을 지었다.

"그렇지. 이해하긴 어렵지만—그 시선이 난 흥미로워. 예를 들어, 우라노스는 가이아의 아들이자 남편이야. 우린 보통, 하늘이 먼저 열리고 그다음 대지가 생긴다고 생각하잖아. 그런데 헤시오도스는 반대로 말해. 가이아가 먼저 생겨났고, 그녀가 우라노스를 낳았다고. 그리고 우라노스는 자신이 낳은 자식들을 다시 땅속… 즉, 가이아의 뱃속에 가둬. 결국 가이아의 부탁으로, 다른 아들 크로노스가 아버지를… 거세하지."

계속되는 신화 이야기에 후는 살짝 얼굴을 찡그렸다. 그럼에도 왜 그런 신들을 굳이 그리려 하는지, 로가 '태초'에 그토록 깊이 매달리는 이유는 뭔지—그 알 수 없음이, 그녀의 시선을 붙들었다.

"신화적으로 풀지 않으면, 그런 표현이 불가능하니까. 땅과 하늘, 그 두 존재로부터 산이 생기고 바다와 시간, 밤이 태어나는 흐름을… 신들의 이야기로 묘사하는 거야."

로는 그림을 보면서 숨을 고르듯 입을 열었다.

"그런데 말이지, 그 거대한 신화 속에 단 한 가지가 빠져있어. 내가 태초를 그리려는 진짜 이유이기도 한 건데… 뭔지 알 것 같아?"

로는 틈을 주지 않고 말을 이었다.

"나도 예전엔, 어떤 장면을 영원히 붙잡고 싶었던 적이 있었어. 어릴 때 할머니랑 찍은 사진이 있었거든. 나란히 웃던 그 사진이 사라진 날부터였던 것 같아. 기억이 사라지는 게 두려워서, 그림을 그리기 시작했어."

후는 고개를 거듭 가로저으며, 조심스럽게 되물었다.

"빠져있다는 게… 뭔데?"

로의 시선이 잠시 약간 흔들렸다. 이윽고, 한 단어를 꺼냈다.

"…기억."

"기억…?"

후는 낮게, 되뇌듯 중얼거렸다.

"그래. 태초엔 사랑이 있었고, 에로스도 등장했지. 카오스, 가이아, 우라노스, 크로노스…그다음엔 만물이 생겨났어. 그런데—기억은 없었어. 신들은 창조했지만, 그걸 '기억'하진 않았거든."

로의 목소리는 낮으면서도 깊었다. 멀리서 느릿하게 흔들려 오는 물결처럼.

"태어난 순서는 있었지만, 돌아볼 줄 아는 존재는 없었어. 그래서 그 이후로는… 사랑도, 상실도, 폭력도—모두 되풀이됐지. 기억하지 못하니까. 그러니까—멈출 수 없었던 거야."

후는 잠자코 로를 바라보았다. 그림 속, 뒤엉킨 색채들 사이에서 문득 어슴푸레 떠오르는 한 형체. 그건 형태가 아니라… 감정이었다. 온기처럼 남은 잔상.

"내가 그리려는 건, 단순한 시작이 아니야."

로가 낮게 진지한 목소리로 말했다.

"누군가가 잃지 않았으면 하는… 한순간들이지. 그걸 기억하고 있는 눈. 혹은 손. 그게 가이아와 우라노스였을 수도 있고… 그냥—디와 나였을 수도 있고."

로는 마지막 문장을 혼잣말처럼 내뱉고 나서야, 그림에서 시선을 뗐다. 후는 더 이상 묻지 않았다. 다만, 찬찬히 다시 그림 위를 훑었다.

그림은 거대했다. 하지만 그 안에 담긴 건, 단지 한 사람의 숨. 한때의 떨림. 그리고… 하나의 밀물 같았다.

후의 몸이 선을 그었다. 그 선은 흡사 그림의 붓질과 시의 행 사이를 이어주는 다리 같았다. 무대가 아닌 공간에서도 후의 움직임은 언어가 되었고, 그림은 그 움직임을 따라 미세하게 떨렸다. 그녀는 그림 속 나선의 흐름을 몸으로 더듬었다. 사랑은 태어났지만, 기억은 없었다. 그 말이, 그녀 안쪽 어딘가에 가만히 걸려들었다.

디가 떠나기 전 마지막 밤을 떠올렸다. 아무 말 없이 등을 돌리고 잠든 그의 뒷모습. 그 등 뒤에서, 그녀 또한 아무 말도 하지 않았다. 그 말을 꺼내지 못한 채로 여기까지 온 이유—그것 역시, 기억 때문이었는지도 몰랐다. 태초엔 어쩌면, 기억 하나로 구겨진 감정들이 있었는지도 모른다. 형체를 갖추지 못한 채 겹쳐진 시간, 닿지 못해 어긋난 채로 머문 감정들.

그림 속 가이아와 우라노스는 서로를 향하지만, 결코 겹치지 않는—어딘가 어긋난 두 존재 같았다. 그러나 지금, 그녀가 이 캔버스를 바라보는 이유는 그 어긋남조차도 누군가는 기억했기 때문일 것이다. 로가 진지한 목소리로 다시 말했다.

"기억은… 결국 두 번째 창조야. 잊히지 않는 방식으로 남는 것. 나는 그걸… 그리려는 거고."

후가 천천히 그에게로 고개를 돌렸다. 이제야, 이해할 수 있었다. 이 그림은 태초를 꿈꾸는 것이 아니었다. 지워지지 않는 '마지막'을 붙잡으려는 시도였다.

로는 말없이 창밖을 바라보다가 문득 자리를 비켜섰다. 그 순간, 후의 시선이 귤에 닿았다. 로의 책상 위 다소곳이 놓인 귤 하나. 그녀는 팔을 뻗어 그것을 가만히 들어 올렸다. 껍질을 벗겨내면서 그녀가 속삭였다.

"디, 이거… 네가 말하던 지구야. 오늘 안에 다 먹을 거야. 오늘만큼은 절대 흘리지 않을 거야. 한 점도 남기지 않고, 지금 여기서."

손끝에 남은 즙이 조금씩 빛에 반사되었다. 그건 잊지 않겠다는 감각이었다. 즙이 손끝을 따라 흐르고 있었다. 아직 끝나지 않은 말처럼. 그건 슬픔도 아니고, 사랑도 아닌—지속되는 무언가였다. 오늘이라는 말이 감정처럼 손끝을 적셨다.

오차의 방향

어떤 길은 되돌아가는 대신,
그 오차를 지나며 비로소 생겨나는 길일지도 모른다.
돌이킬 수 없는 것도, 결국 길의 일부였다는 듯이.

1. 진초록의 응시

길은 예측을 조롱하듯 엉켜 있었다. 로는 기계의 말에 몸을 맡겼지만, 어느 순간 풍경이 낯설게 흔들렸다. 마지막 갈림길에서 잠시 멈칫하다 의심보다 익숙한 신뢰를 택했다. 그 선택이 로를 이 낯선 산길로 밀어 넣었다.

기억 속 희미한 기와집은 그림자조차 없었다. 대신 상수리나무 잎들이 빽빽하게 시야를 덮었다. '여기만 지나면 길이 나올는지도 몰라.' 속으로 되뇌며, 로는 불안한 감각을 눌러가며 직진했다. 기계의 말은 점점 더 낯설게 들렸지만, 그는 멈추지 않았다.

눈앞에 축구장만 한 밭이 펼쳐졌다. 이름 모를 식물들이 군열처럼 줄지어 있었다. 진초록 잎들이 일제히 로를 응시했다. 그 시선에 손바닥이 점점 축축해졌다. 디가 아니었다면 이 길은 시작되지도 않았을 것이다. 그의 흔적이 로를 이끌었다. 지도보다 더 강하게.

디는 지난해 초 A 건축회사에서 델리로 떠났다. 일 년간의 해외 근무를 마친 그는 귀국하자마자 부모님의 옛집으로 이사하겠다고 했다. 이유는 말하지 않았다. 틀만 남고 내용은 빠져있었다.

그 선택은 친구들과의 만남을 계속 미루게 했고, 결국 로는 그 집을 찾아 나섰다. 십수 년 전의 풍경은 온데간데 없었다.

사실 그 방문은 구실이었다. 로가 디를 다시 보고 싶었던 건 그가 귀국 전에 띄운 메일들 때문이었다.

디는 델리에서 띄엄띄엄 안부를 보냈다. 인도 음식 팔락 파니르와 바라나시 사진 몇 장이 마지막 소식의 전부였다. 로는 그 단편들을 이어 붙여 디의 근황을 상상했다. 오직 감각만으로.

그가 출국한 지 9개월이 넘은 그 무렵부터 메일은 이상해졌다. 문장은 끊겼고 의미는 흩어졌다. 디의 말은 점점 틀을 잃어갔다.

2. 세계의 심장, 그 고요 속으로

로에게

사진 속 장소는 티루반나말라이, 그리고 그 중심에 선 아루나찰라 산이야. 연휴가 길어졌고 그 틈을 타 그곳으로 향했어. 인도에 오기 전부터 꼭 가보고 싶었던, 구조의 중심 같은 곳이었지.

기억하고 있지? 예전에 라마나 마하르시에 대해 이야기한 적 있었잖아. 현대 인도의 성자, 사유의 깊이를 품은 존재. 티루반나말라이는 그의 아쉬람이 자리한 도시야. 그가 수행했던 아루나찰라 산이 바로 곁에 있어서 나도 그 길을 따라 올랐어.

산을 오르는 일은 생각보다 고되더라. 피라미드처럼 각진 바위들이 거의 수직에 가까운 경사를 이루고 있었고, 800미터의 고도를 따라 거슬러 올라가야 했어.

정상에 닿았을 때, 사방은 끝없는 평원이었어. 광대한 대지 위에 홀로 솟은 이 산. 그 고립은 오히려 중심처럼 다가왔지.

풍경을 오래 바라보다가 문득 '끝없는 세계'라는 말이 떠올랐어. 네가 카파도키아에서 열기구를 탔을 때, 시간이 멈춘 듯했다고 했던 그 순간. 그 감각과 닮아 있었어. 카파도키아가 적막 속의 정지라면, 아루나찰라는 생기 속의 고요야. 적요의 멈춤과 생기 속 정지—마치 서로를 반사하는 거울처럼 두 풍경은 내 안의 시간을 흔들었어.

다음 날 새벽 나는 스깐다쉬람으로 향했어. '바가반의 길'이라 불리는, 수행의 흔적이 남은 길이지. 마하르시는 석가모니 이후 가장 위대한 성자라 불려. 17살에 깨달음을 얻고 아루나찰라로 왔고, 그 후 54년 동안 단 한 번도 외부로 나가지 않았다고 해. 시간의 구조를 그 안에 고정시킨 사람이었지.

아쉬람으로 향하는 길은 거칠고 단단한 돌길이었어. 참배객들이 끊임없이 오갔고, 모두가 각자의 방식으로 명상하고 있었지. 흔히 떠올리는 정자세의 가부좌는 거의 없었어. 대부분은 벽에 기대거나 편안한 자세로 앉아 있었지. 틀에서 벗어난 그 자유 속에 더 깊은 고요가 있었어. 그들을 보며, 처음으로 내가 얼마나 형식에 갇혀 있었는지를 깨달았어.

아루나찰라 산을 '세계의 심장'이라 부르고, 싯다들이 이곳에 모여 사는 이유가 다 그 중심성 때문인지도 몰라. 바가반은 이 산을 '약산(Medicine Mountain)'이라 불렀대. 넌 웃을지 모르지만, 그는 몸과 마음의 모든 병에 대해 '이 산을 한 바퀴 도는 것만큼 좋은 치료는 없다.' 했어. 나도 결국 그 말을 따라 산을 한 바퀴 돌기로 한 거야. 로, 너 또 웃고 있지? 믿거나 말거나.

그 길은 생각보다 깊었어. 한 번은 맨발로 걸었지. 석가모니는 보드가야에서 녹야원까지 200km를 맨발로 걸었다잖아. 한참을 걷는데, 바가반의 목소리가 환청처럼 들려왔어. '몸과 마음을 참 나로 착각하기를 그만두라.' 그 말은 내 안의 구조를 흔들었어. 참나란 뭘까. 로, 넌 그 의미를 느껴본 적 있어?

아루나찰라 산을 돌면서 곳곳에서 같은 문구를 봤어. 처음엔 생각 없이 지나쳤지만, 걷고 명상하며 그 문장은 점점 나를 둘러싸기 시작했어. 'You are That.'

그 말이 내게 어떤 진실을 보여줄지 아직은 몰라. 다만 그 고요 속에서 난 기다리고 있어. 이 문장이 내게 어떤 의미로 다가올지.

3. 나이테, 조용한 다리

친구들은 인도의 위험과 위생 문제를 걱정하며 말들을 쏟아냈다. 그렇지만 디는 그 모든 우려를 무색하게 할 만큼 잘 지내고 있었다. 로가 보기엔, 그의 삶은 오히려 더 역동적이고 더 깊은 방향으로 움직이고 있었다.

디는 학창 시절부터 좀 남달랐다. 대학에 입학해 친구들과 통도사 계곡에 갔을 때, 그는 오래된 느티나무의 밑동을 가리키며 말했다.

"나무는 어느 해에 잘 자랐는지, 어느 해에 힘들었는지를 나이테로 알 수 있대. 그런데 일 년 내내 똑같은 속도로 자란 나무는 나이테가 없다고 해. 봄여름 가을 겨울이 없는 열대 지방의 나무는 그래서 흔적이 남지 않는다는 거야."

그때 디가 깊게 한숨을 내쉬며 덧붙인 말을 로는 또렷이 기억했다.

"내 인생엔 역동성이 부족해. 나이테가 없는 나무처럼, 흔적이 없어."

그 비유는 낯설었고 로는 말문이 막혔다. 엉뚱한 철학처럼 들렸지만, 지금은 안다. 디는 자신의 시간을 파고들며 흔적을 남기려 애쓴 사람이었다. 그 말은 오히려, 가장 깊은 흔적을 남긴 자의 자기부정처럼 느껴졌다.

당시 친구들은 연애나 농담에 빠져있었지만, 디는 무엇에건 근본적인 질문을 던지곤 했다. 그리고 지금도 그는 편안한 직장이나 안정적인 삶을 쫓는 무리들관 확실히 다른 결로 살아가고 있었다.

언젠가, 로는 옆자리 국어 선생이 읽던 잡지를 우연히 집어 들었고, 그 안에서 디의 에세이를 발견했다. 시인이었던 디는 직장 생활하면서도 틈틈이 잡지에 시나 산문을 기고했다. 수업 종이 울리는 것도 잊은 채, 그의 문장을 따라 내려갔다. 문장의 리듬 속에서 디의 목소리가 되살아났다. 마치 그가 교실 뒷자리에서, 무심한 얼굴로 책장을 넘기고 있을 것만 같았다. 그 글은 어린 시절과 어머니에 대한 서정적인 수필이었다.

로는 몰랐지만 디는 생일마다 반 친구들을 집으로 초대했다고 한다. 한 초등학교 친구가 나직이 로에게 들려준 이야기가 있었다.

"디는 우리를 줄 세워놓고 '우리 엄마야. 한 사람씩 자기소개해.'라고 했어. 그 순간은 웃음으로 가득했지만, 그가 우리를 불러들인 이유는 내내 가슴을 울리더라. 그의 엄마는 다리가 하나뿐이어서 밖으로 나갈 수 없었거든."

그 이야기는 오래된 전설처럼 로의 마음 깊숙이 남았다. 초대받은 아이들이 웃으며 자기소개를 할 때, 디는 어쩌면 세상과 엄마 사이에 조용한 다리를 놓고 있었던 건 아닐까.

디는 자신의 결함을 숨기지 않고, 오히려 그 삶을 있는 그대로 품고 있었다. 그러니까 그가 자신을 나이테 없는 나무에 빗댄 건, 마치 깊은 흔적을 남긴 두루미를 까마귀로 착각하는 것만큼이나 어울리지 않는 비유였다. 디의 기억들은 오히려 나무의 나이테처럼 그의 삶을 단단하게 만들었을 것이다.

로는 아루나찰라 사진을 다시 들여다보다가 답장을 써 내려갔다. 그를 향한 편지는, 결국 자신에게 되돌아오는 말이었다. 사진 속 산은 멀고 고요했지만, 그 안엔 디의 기척이 분명히 있었다.

4. 별의 자리, 너의 믿음

디에게

디, 너 인도에 완전히 잠긴 듯하더라. 한동안 소식이 없어서 궁금했어. 혹시 바가반의 제자가 되어버린 건 아닐까 싶기도 했고. 다들 네가 거기 눌러앉을까 봐 걱정해.

네 빈자리는 생각보다 커 나도 나대로 떠나야겠어. 책을 읽고 길을 걷는 일. 그게 나를 조금씩 바꾸는 방식일 거야. 멀리 떠나는 건 결국 나를 벗어나는 일이겠지.

그런데 You are That—그 말을 듣고 나니, 내가 어떤 물질의 일부가 된 듯한 기분이었어. 고정된 존재가 아니라, 흐름 속의 점처럼 느껴졌달까. 그래, '천지 만물은 모두 하늘을 모신다.' 문장을 어디선가 본 기억이 나. 그 말은 만물이 곧 하늘이자 신이라는 뜻일까? 'That'은 본성 정도를 이르는 것 같긴 한데… 나한텐 빅뱅이니 양자역학이니 하는 것만큼이나 어렵게 보여. 네 말대로 깨우침이란 걸 언젠가 하게 되면 내게도 알려줘. 네가 해탈에 닿는다면, 난 최소한 무아쯤은 경험해 둬야 할 테니까.

디, 방학이 시작되면 난 몽골로 떠나볼까 해. 울란바토르에 있는 거북바위를 꼭 보고 싶거든. 한 여행 작가의 몽골 기행을 읽다가, 거기 실린 바위 사진이 줄곧 낯익게 느껴졌어. 거북의 형상을 닮았다고 해서 붙여진 이름인데, 내 눈엔 남녀가 서로를 감싸안고 있는 형상처럼 보였어. 웃지 마, 농담 아니야. 사진을 보는데, 갑자기 박상륭의 『죽음의 한 연구』 속 육조와 여승이 확 떠올랐어. 우리가 그 소설을 두고 한참 얘기했었잖아.

거북바위를 보고 나면 엘승타사르해에도 갈 거야. 사막의 적막 속에 누워, 별들이 쏟아지는 그 순간을 온몸으로 받고 싶어.

디, 기억나? 고등학교 때 우리 집 옥상 평상에 드러누워 하늘을 보던 거. 우린 바빌로니아인처럼 별 이름을 앞다퉈 불렀고, 신화랑 엮어서 신나게 떠들었지. 그때 나는 널 따라 신의 존재를 확인하고 싶다는 망상에 빠졌었어.

디, 넌 아직도 신이 존재한다고 믿어? 신이 있는지는 몰랐지만, 나는 뭔가 더 큰 것과 연결돼 있다는 느낌은 들었지. 난 아직도 그 밤을 기억해. 별을 세던 손가락, 신의 자리를 가늠하던 너의 눈빛. 넌 나보다 먼저 믿지 않았지만, 오히려 더 깊고 멀리—신의 자리와 닿아 있었던 사람 같았어.

5. 너는 이미 떠나 있었어

"수미산, 들어본 적 있어?"

언젠가 디가 갑자기 물었다. 목소리는 사막에서 오아시스를 발견한 사람처럼 들떠 있었다.

"내 소원 중 하나가 만사로바를 찾아가는 거야."

"왜?" 로가 물었을 때, 디는 조용히 웃으며 말했다.

"카일라스산을 한 바퀴 돌고 만사로바에 손을 담그면, 억겁의 죄에서 벗어날 수 있대."

로는 순간 멈칫했다. 디처럼 이지적인 친구에게 '죄'니 '억겁'이니 하는 말은 너무 낯설었다. 그 말이 입에 닿는 순간, 로는 그가 자신과 다른 세계를 향하고 있다는 걸 처음으로 느꼈다.

"티베트에 있는 카일라스산이야." 디는 설명을 이어갔다.

"그 아래에 만사로바라는 호수가 있어. 마나사로바라고도 불리는데, 난 인도식 이름인 만사로바가 더 좋아. 성스러운 호수로 알려진 곳이고, 인더스강의 발원지야. 갠지스강 발원지와도 가까워서 불교, 힌두교, 자이나교, 시크교 모두 이곳을 성지로 여긴다고 해."

디는 눈을 반짝이며 말했다. 오래 품어온 갈망이 입 밖으로 터져 나온 듯했다. 어쩌면 그는 그때 이미 인도를 향한 여정을 시작하고 있었는지 모른다.

"카일라스산을 한 바퀴 돌고, 만사로바에 손을 꼭 넣어보고 싶어."

로가 또 이유를 묻자, 디는 같은 말을 되풀이했다.

"그러면 억겁의 죄에서 벗어날 수 있대."

마치 오래된 기도처럼 디의 입에서 다시 흘러나왔다. 이번에는 로가 가볍게 웃었지만, 속으로는 묘한 감정이 일며 디가 더 낯설게 느껴졌다.

하긴, 나 자신도 모르겠는데, 타인을 온전히 안다는 건 불가능한 일 아닐까.

로는 컴퓨터를 끄고 밀쳐뒀던 몽골 기행서를 다시 펼쳤다. 디의 떠남을 따라가듯 자신도 어딘가로 향하고 싶어졌다.

6. 몰입의 순간, 믿음의 눈

로에게

사진 속 장소 중 하나는 바라나시의 버닝 가트야. 사진 왼편, 연기가 피어오르는 그곳이 바로 화장터야. 금지된 시선 속에서 나는 그 장면을 어떻게든 몰래 담았어.

갠지스강 서쪽에는 수 킬로미터에 걸쳐 가트가 이어져. 한쪽은 순례자들이 목욕하는 곳. 다른 한쪽은 시신을 태우는 화장터야.

힌두교도들은 갠지스강을 성스러운 어머니로 숭배해. 몸을 씻으면 죄가 사라지고, 유해를 흘려보내면 극락에 간다고 믿지. 넌 분명 웃겠지. 나도 예전엔 TV에서 이 장면을 보고 맹신이라며 비웃었거든.

그런데 생각해 봐. 교회에서 울며 간증하는 사람들, 성당에서 고해성사하며 눈물 흘리는 이들, 불상 앞에서 무릎이 닳도록 절하는 사람들—그들과 뭐가 다를까?

로, 난 요즘 한 번도 가보지 않은 길을 걷고 있어. 신앙에 대해서도 다시 생각하게 됐어. 사전은 신앙을 '어떤 대상을 전적으로 의뢰하는 것'이라 정의하지. 그런데 꼭 그 대상이 신일 필요가 있을까. 어떤 장소나 순간에 깊이 몰입하는 것도 신앙과 다르지 않다는 생각이 들어.

그 대상은 물일 수도 있고, 불이나 바람일 수도 있어. 음악, 춤, 문학이어도 상관없지. 중요한 건, 나를 온전히 그 순간에 놓는 것. 그게 신앙 아닐까? 완전히 몰입된 순간—물방울이든, 불꽃이든, 하나의 눈빛이든—그 앞에서, 나는 처음으로 나 자신을 믿게 됐어. 신이 아니라, 몰입의 순간이 나를 지탱해 주었다고. 그렇다면 종교를 굳이 따로 가져야 할까?

7. 광기와 해탈 사이, 불결의 성스러움

말이 길었네. 로, 사실 바라나시에 갔을 때, 난 갠지스강에 손만 담근 게 아니었어. 놀라지 마. 난 그 물을 떠서, 인도의 술 데시 다루에 섞어 마셨어. 스님들조차 손만 담그는 그

물을, 나는 그냥 마셔버렸어. 왜냐고? 모든 틀을 깨고 싶었거든.

깨끗함과 더러움, 성스러움과 속됨—그 모든 개념에서 벗어나고 싶었어. '불결하다'는 말조차도 학습된 거야. 냄새, 물, 행위—우리는 이름 붙인 대로 반응해 왔지. 그걸 깨달은 순간, 나는 처음으로 '틀'이라는 걸 의심하기 시작했어.

태어날 때부터 우리가 얼마나 많은 것들을 학습하고, 그 학습에 묶여 있는지를 여기 와서야 실감했어. 이제 그 틀에서 벗어나고 싶어, 로. 이게 네가 물었던 신이 있다고 믿냐는 질문에 대한 내 답이 될까?

이 지구 위에서, 죽음이 이렇게 가까이 숨 쉬는 곳이 또 있을까. 숙소로 돌아와서도 바라나시의 장면들은 머릿속을 떠나지 않았어. 그래서 지난 주말 다시 그곳으로 갔어.

이번엔 영생을 믿는 한 남자를 만났지. 그는 죽음을 여러 번 지나 다시 태어났다고 확신했고, 그 믿음엔 단 한 점의 의심도 없었어. 나무막대기처럼 말라 있었고, 눈은 불붙은 듯 부릅뜬 채 버닝 가트를 맴돌았어. 무언가를 찾는 듯, 혹은 무언가에 쫓기는 듯.

그를 보는 순간, 내 몸속 어딘가가 얼어붙는 느낌이었어. 공포였을까, 아니면 경외였을까. 혹은 그가 본 세계에 잠시 발을 들인 걸까? 정신을 차리고 나니, 그는 사라지고 없었어. 마치 꿈처럼, 흔적도 없이.

로, 난 그를 다시 만나고 싶었어. 그의 눈을 들여다보고 싶었어. 그 눈 속에 무엇이 있었는지, 그 눈이 본 세계가 어떤 것이었는지. 그리고 묻고 싶었어. "당신은 무엇을 본 겁니까?" "당신이 본 그 너머엔 무엇이 있었습니까?" 그를 광기로 끌고 간 건 무엇이었을까. 그 감흥은, 그 무게는 어떤 것이었을까.

그는 나보다 먼저 저 너머에 닿은 사람이었는지도 몰라. 광기와 해탈 사이, 그 아슬아슬한 경계 위에 서 있던 사람. 본 것의 무게에 짓눌려, 말없이 흔들리던 존재. 그가 본 세계가 너무 궁금했지만, 나는 떠나야 했어. 회사 일이 날 다시 현실로 끌어당겼거든. 그곳은 아직도 내 안에서 타오르고 있어. 꺼지지 않는 잔불처럼 조용히. 아무도 모르게, 그러나 분명히.

8. 감정의 끝자락에서

네가 바라나시에 간다면, 나보다 더 깊이 잠길 거야. 그곳에 닿으면, 네 감각은 폭발하듯 터질 거야. 선과 색으로 죽음을 그릴 수밖에 없을 테니. 특히 마니카르니까 가트에선 네 감각이 극점에 닿을 거야. 그곳은 감정의 끝자락이니까.

이곳에선 천에 싸인 시신이 장작더미 위에 올려지고, 가족 중 누군가가 불을 붙여. 모두가 그 태움의 과정을 묵묵히 바라봐. 말없이 눈으로만. 시간이 흐르면 남은 유골은 항아리에 담겨 갠지스강에 흘려보내져. 마지막 순간이 오면 모든 것이 사라져. 연기처럼 흔적도 없이. 가끔은 타다 만 시신이 그대로 강으로 흘러들기도 해. 그 장면은 오래도록 남아. 눈을 감아도 사라지지 않는, 흐르는 육체의 기억.

이곳의 공기는 죽음으로 가득 차 있어. 아름다움과 추함, 생과 사가 뒤엉켜 있어. 숨을 쉬는 것조차 경계야. 네가 이곳에 온다면 네 감성은 넘쳐흐를 거야. 감당할 수 없을 만큼.

로, 난 가끔 불타오르는 일출과 일몰을 함께 바라보며 그 빛 속에서 우리가 잠시 멈춰 서 있는 장면을 상상해. 모든 것이 멈춘 듯한, 그 찰나의 정적.

9. 알파부터 오메가까지, 모르는 너

디의 편지는 로에겐 충격이었다. 길고 낯선 감정의 덩어리가 무방비 상태의 로에게 날아들었다. 충격은 말보다 먼저 가슴을 때렸다. 갠지스강 물을 술에 타서 마셨다고? 로는 믿을 수 없었다. 그건 거의 광기에 가까웠다.

신앙에 대한 그의 말도 생소했다. 너무 낯설어서, 로는 디가 다른 언어를 쓰는 것처럼 여겨졌다. 디는 모태신앙인이었다. 성당에 다녔고, 신앙에 대해선 언제나 단정하고 조심스러웠다. 그런데 지금의 디는, 로가 알던 디가 아니었다. 그는 마치 다른 언어 다른 세계의 문법으로 말하고 있었다. 그의 문장은 낯선 리듬으로 울렸고, 로는 그 뜻을 해독할 수 없었다.

바라나시가 디를 바꿔놓았다는 건 분명했다. 하지만 그 변화의 원인은 짐작조차 어려웠다. 그동안 자신이 모르는 무언가가 생긴 걸까? 그가 동경하던 그곳—불타는 시신, 반쯤 탄 육체, 환생을 믿는 광인들—그 끝에서 디도 결국 무너진 걸까? 그렇지 않고서야 어떻게 이런 말을 할 수 있지?

로는 이해할 수 없었다. 그에게 디의 행동은 무모했고, 그의 말들은 거의 파괴적이었다. 하기야 디는 술에 취하면 가끔 엉뚱한 말을 하기도 했다. 친구들과의 술자리가 끝난 뒤 포장마차에서 둘이 따로 마시던 날이었다.

"너, 날 알아?" 디는 갑자기 자리에서 일어나 외쳤다. 졸업 이후 서로 조심스럽게 대하던 사이였다. 로는 갑작스러운 소리에 당황했다. 디는 계속했다. "난 말이야, 로. 처음부터 지금까지, 너에 관한 모든 걸 기억해. 알파부터 오메가까지, 하나도 빠짐없이." 디가 다시 소리쳤다. "근데 너, 넌 날 정말 알기나 해?"

그 순간, 말보다 깊은 틈이 둘 사이를 소리 없이 갈랐다. 디는 울지 않았지만, 그건 오래 눌러온 외침이었다. 그날을 떠올리며, 로는 디의 편지가 술기운에 쓴 것일지도 모른다고 생각했다. 지금의 디는 바라나시에 너무 깊이 몰두해있었다.

로는 디가 그곳과 거리를 둘 필요가 있다고 생각했다. 그가 돌아올 수 있도록.

로는 인상파 화가들 자료를 대충 정리하고, 조심스럽게 답장을 쓰기 시작했다. 디에게, 그리고 어쩌면 자신에게. 그 답장은 이해보다 더 깊은 무언가를 향한 손짓이었다.

10. 돌 위의 사랑, 환영의 진실

디,

바라나시는 사진으로만 몇 번 봤지만, 네 얘기를 듣고 나니 당장이라도 달려가서 확인하고 싶어졌어. 그런데 갠지스 강 물을 마셨다는 말엔 솔직히 속이 울렁거렸어. 믿기 힘들었고, 결국 술김에 한 짓이라며 스스로 단정해 버렸지.

신앙에 대한 네 견해도 내겐 좀 뜬금없게 들렸어. 하긴, 한 철학자는 인간이 '던져진 존재'임을 자각한 뒤에야 새로운 삶을 모색할 수 있다고 했지. 너도 그런 경계에 서 있는 걸까?

지난주, 드디어 몽골에 다녀왔어. 방학하자마자 서둘러 떠났지만, 애들 보충수업 때문에 오래 머물진 못했어. 몽골은 유럽이나 미국에서 느꼈던 이질감이 없더라. 사람들 생김새부터 친밀감이 들었고, 음식도 입맛에 맞아 만족스러웠어.

칭기즈 칸 국제공항에 도착하자마자, 가장 먼저 칭기즈 칸 유적을 보러 갔어. 몽골 대제국을 건설했던 왕답게, 엄청난 크기의 은색 동상이 세워져 있더라고. 말을 타고 진군하는 모습인데, 에메랄드빛 하늘 아래에서 광채를 내고 있었지. 그곳에서 바로 울란바토르로 이동했어. 사실 거북바위를 보고 싶어서 참을 수가 없었거든.

끝없이 펼쳐진 평원에 거대한 바위만 덩그러니 놓여 있었어. 멀리서도 또렷하게 보일 만큼 큰 돌이었지. 거북처럼 보이게 했던 건 아마도 그 널찍하고 주름진 바위 때문인 거 같아. 등껍질처럼, 넓고 주름진 바위가 다른 바위를 묵묵히 감싸고 있었어. 마치 오래된 사랑을 품은 듯한 형상이었지.

가까이 다가가서 한참을 바라봤어. 그런데 갑자기, 바위에서 환영이 보이는 거야. 육조와 죽어가는 여승이 슬픈 사랑을 나누는 장면. 환상이라 넘기기엔 너무 선명했고, 환영이라 부르기엔 너무 현실적이었어. 그 장면은 내 안에서 오래도록 울렸어.

남들은 웃겠지. 돌덩이를 사람으로, 그것도 소설 속 인물로 본다는 게 우스울 수도 있겠지. 그런데 디, 내겐 그게 정말 그렇게 보였어. 바윗돌 하나 보겠다고 타국까지 달려간 걸 알면, 사람들은 날 미친놈으로 여길 거야. 하지만 그래도 내가 본 것을 말할 수 있고, 네가 들어준다는 사실. 그게 바로 우리 사이의 진짜 형상 같아.

11. 사막의 경계, 울림의 시간

가장 아쉬운 건, 사막에 누워 별을 바라보는 꿈이 끝내 이루어지지 않았다는 거야. 그 밤하늘은 내게 오지 않았어.

디, 언젠가 후가 그랬지. 밤하늘을 올려다보며 춤을 구상한다고. "별은 공간을 지배하지 않아. 시간이 흘러도 늘 같은 자리에서 빛나니까." 난 그 말을 떠올리며 사막의 밤하늘을 기대했어. 그렇지만 밤마다 비가 내리거나 구름이 끼어서, 기대했던 하늘은 끝내 모습을 드러내지 않더라.

대신, 낮에는 말 위에 오르기도 하고 낙타를 타고 사막을 누빌 수 있었어. 난생처음 해보는 경험이었지만, 이상할 정도로 익숙했어. 꼭 전생에 기마민족이었던 것처럼. 혹은 전장으로 달려가는 장수였던 것처럼. 나는 신이 나서, 그야말로 적진을 향해 돌진하는 장수처럼 벌판을 달렸어. 칼을 휘두르는 흉내까지 내보면서 말이지. 어때, 디? 생각만 해도 멋지지 않나?

그런데 넌 낙타만큼은 한 번도 타보지 않았을 거야. 이봐 디, 낙타를 타고 사막을 횡단하는 모습을 한번 그려봐. 거기엔 70km나 되는 사구 지역이 있었어. 굳이 고비사막까지 가지 않아도, 사막의 분위기를 충분히 느낄 수 있단 말이지. 낙타뿐만이 아니야. 양과 염소 같은 가축들이 무리 지어있는 것도 종종 볼 수 있었어. 실개천과 초원이 함께 있는 특이한 사막이더군.

그 풍경은 사막이란 말로는 설명되지 않는, 경계의 공간 같았어. 낙타를 타고 가는데, 아—마치 내가 멀고 먼 시간 속에 머물러 있는 것 같았어. 그때 나는 현실이란 걸 잠시 잃었지. 손끝에 닿는 고삐, 귓가를 스치는 바람—모두 오래전 꾸었던 꿈의 잔상처럼, 낯익은 기시감 속에 잠긴 감각이었어.

딴 세상에 머무는 듯한 착각을 일으키는 건 그것만이 아니었어. 초원에 있을 때, 게르에서 마두금 연주를 들었었지. 몽골의 전통악기인데, 너도 한 번쯤 들어봤을지 모르겠군. 말가죽과 말총으로 만든 두 줄짜리 악기였어. 그런데도 소리는 신기하리만치 섬세하면서도 깊은 울림을 주더라고.

마치 망각의 늪에 빠져드는 소리랄까. 그건 음이 아니라 울림이었고, 선율이 아니라 멈춰버린 시간 그 자체였어. 그 틈으로 내가 흘러들까 봐, 잠시 눈을 감았지. 현존하는 것들을 깡그리 잊게 만드는 묘한 음악이었어.

그런데 디, 마두금 연주보다도 더 인상적인 게 있었어. 그게 뭔지 맞혀볼래? 아무리 너라도 그건 짐작 못 할 거야.

바로, 게르에서 듣는 빗소리였어. 그곳에서의 이틀 동안도 간밤 내내 비가 내렸지. 게르에 누워서 듣는 빗소리는 상상을 초월하리만큼 독특했어. 흡사 비가 몸속으로 스며드는 착각을 불러일으키질 않겠나. 살을 뚫고 뼛속까지 말이야. 비는 천막을 스치는 소리가 아니었어. 그건 나를 불러내는 목소리였고, 오래전 어딘가에서 들은 듯한 잔잔한 울림이었지. 온몸이 그 빗속으로 흡수돼 버릴 것 같은, 묘하고도 깊은 감각.

12. 걷는 자들의 의식, 기억의 책장

로는 몽골 이야기를 꺼내길 잘했다 싶었다. 디를 바라나시의 어둠에서 잠시 떼어놓을 수 있었으니까. 그들이 나누던 문물의 감상은 늘 겨울날 아랫목처럼, 조용하고 따뜻한 대화를 불러왔지 않았던가. 그 따뜻함은 공통의 기억을 품은 낡은 책장 같았고, 세상의 단면을 함께 들춰본 이들만이 나눌 수 있는 일종의 의식 같았다.

대학로에서 후의 무용 공연을 본 날도 그랬다. 거리로 나서며 앞을 걷던 남녀 한 쌍을 두고 이야기를 나눴다.

"디, 저 사람들 무용하는 이들일까? 걸음걸이가 우아한데."

"그럴 수도 있지. 후가 그러는데, 세계적으로 유명한 현대무용 안무가는 오디션에서 무용수들에게 먼저 걸어보라고 시켰대. 걷는 모습만 보고 참가자의 반을 떨어뜨렸다고 하더라. 그만큼 걸음이 중요하다는 거겠지."

"그래? 걸음을 특별히 중요시한 시대가 있었을까?"

"고대 로마일지도 몰라. 세네카는 걸음걸이로 정숙함을 판단했다니까. 그런데, 니체는 사람이 자기 길을 찾으면 더 이상 걷지 않고 춤을 춘다고 했지. 후는 그 말처럼, 늘 춤을 추는 사람이었어. 커피를 마실 때조차 작은 스텝을 밟는 듯했으니까."

로는 디에게서 이런 냉철한 지적이 다시 나오기를 바랐다. 다행히 몽골 이야기가 그의 흥미를 끌긴 한 모양이었다. 디는 사흘을 넘기지 않고 답장을 보내왔고, 로는 모든 일을 미루고 조심스럽게 메일함을 열었다. 디의 말이 다시 그에게 닿기를 바라는 마음으로.

13. 앎의 결핍, 존재의 고독

어이, Homo Nomad.

이제 널 유목민이라고 불러야겠다. 몽골에 눌러앉을 생각은 없었니? 사막의 공기, 그건 시공을 초월하는 감각이었지? 네 이야기를 들으니, 말과 낙타는 제쳐두고라도 빗속의 게르에서 한 번 자보고 싶어졌어.

그런 빗소리를 들으면 나와 세상의 경계가 흐려지겠지. 비가 내게 스며들고 내가 비로 흡수되는 감각. 비와 내가 하나의 개체로 통합돼 세상 속에 온전히 편입되는 느낌을 맛볼지도 몰라. 그런 밤을 지나고 맞이하는 아침은 다를 거야.

모든 욕망과 헛됨이 씻겨 나가고, 오로지 청정함만 남아 있는 나 자신을 보게 될는지도. 내가 나를 내려놓을 수 있는 밤, 그건 결국 비로부터 왔는지도 몰라. 스며드는 게 아니라—내가 곧 비였다는 걸 깨닫는 순간.

거북바위 사진을 보고는 깜짝 놀랐어, 로. 내 눈에도 바위가 두 사람처럼 보였어. 그래, 여승이 죽어가면서 육조와 절절한 사랑을 나누는 박상륭 소설 속 그 장면이 떠올랐지. 우리가 그때 그의 작품을 두고 토론했던 기억도 함께.

소설의 핵심은 몲이었지. 몲—몸과 말과 마음. 단순한 분류가 아니라, 우주의 본질을 구성하는 세 축. 우리는 그때 그것이 분리될 수 없는 하나의 구조라고 믿었지. 하지만 '몸은 하나의 저주이기도 하다'는 문장에서 우리의 의견은 엇갈렸어. 너는 '몸을 가진 동물의 세계'라는 표현 자체를 못마땅해했어. 몸과 말과 마음을 그렇게 따로 분류할 수 없다고. 그것들은 하나로 통합될 수 있는 것이라고, 진화론적 사고로 풀어선 안 된다며 흥분하기까지 했지.

넌 여전히 연기설을 들며 모든 것들이 관계 속에서 존재한다고 주장하겠지. 너의 논리는 항상 흔들림 없이 단단해, 포장된 도로처럼.

하지만 로, 나는 관계라는 거대한 거미줄에 갇혀 옴짝달싹 못 하는 벌레 같은 인간들을 떠올리게 돼. 몸은 축복이나 은총 못지않게 아니 어쩌면 더, 저주에 가까운 것일 수도 있다는 생각을 떨칠 수 없어. 우리를 쪼개놓은 건 관계의 얽힘이 아니라, 몲의 결핍이었는지도 몰라.

나는 여전히 몸이 나를 이끌어가고 있다는 느낌에 지쳐 있었고, 너는 늘 마음이 말을 타고 간다고 믿었지. 물론 넌 변함없이 반박하겠지만.

다시 말하지만 로, 우리는 관계 속에서 존재하는 게 아니야. 존재는 그 자체로 의미를 가지는 거야. 도를 깨닫는 건 개인의 몫이지, 관계가 깨달음을 얻는 건 아니잖아.

이러다 또 끝없는 이야기로 빠지겠군. 이야기의 나머지는 우리가 다시 마주 앉는 그날에 천천히 풀자. 말보다 깊은 침묵 속에서.

14. 고정된 나를 녹이는 말, 흔들리는 문

로, 아직 말하지 않은 게 하나 있어. 처음 델리에 도착했을 때, 열흘간 휴가라고 했잖아. 그때, 실은 다람살라에 갔었어. 달라이 라마를 만나고 싶었거든. 그런데 일정이 맞지 않아서 위파사나 단기 명상 코스로 만족해야 했지. 밤 9시 반에 취침, 새벽 4시 반에 기상. 하루 한 끼만 먹으며 철저히 묵언을 지키는 프로그램이었어.

내게 가장 어려웠던 건 명상이었어. 생각은 끊임없이 밀려들었고, 나는 그 파도에 휩쓸리기만 했어. 나흘이 지나서야 겨우, 그 파도가 잦아드는 감각을 느낄 수 있었지.

하루 일정이 끝나면, 은은한 법문이 흘러나왔어. 녹음된 코엔카의 목소리였지. 그 소리는 내 안에서 빠져나가려던 무언가를 조용히 붙잡았어. 딱딱하게 부딪히던 감정들이 서서히 풀어지기 시작했지. 그 마지막 구절이 늘 반복되었어. '아니짜 빠다 쌍카라.' 그 말은 내 귓가에 오래 맴돌았고, 내 안 깊숙이 스며들었어. 고정된 나라는 환상이 서서히 녹아내렸지.

팔리어로 된 그 말의 뜻은 '제행무상'. 모든 건 변한다는 거였어. 이상하게도 그 문장이 아직도 내 귓가에 맴돌아. 그 말은 내 안 깊숙이 스며들어 도무지 움직이지 않던 내 안의 문 하나가, 그 말 앞에서 처음으로 미세하게 흔들렸어. 아주 조용히, 그러나 분명히.

15. 질문의 평원, 돌아갈 수 없는 자리

'그러니까, 넌 인도에 가기 전부터 달라이 라마를 만나려고 했던 거구나.'

로는 가만히 혼잣말을 흘렸다. 그의 머릿속에 스승을 찾아 떠나는 구도자의 모습이 그려졌다. 디가 티루반나말라이에서 명상을 하고, 아루나찰라를 오르며 답을 찾으려 했던 여정—그것은 오래전부터 품어온 의문을 향한, 조용하고도 단단한 탐구였다.

디의 그 같은 행보는 로를 자극했다. 그렇다면, 자신은 너무 수동적이었던 건 아닐까. 디가 동경해 온 그 역동성이 자신에게도 필요하지 않았을까. 디는 늘 끊임없이 의문을 품었고, 쉽게 답을 포기하지 않았다. 작은 골목에서 대평원으로 나아가듯, 그는 언제나 새로운 질문을 찾아 떠났다. 반면, 로 자신은 매사에 두리뭉실했다. 의문을 가지기도 전에 그냥 받아들이려 했고, 결국 뜻을 굽히며 타협 속에 안주하는 쪽을 택했다. 질문을 품기보다, 받아들이는 데 익숙했던 자신을 돌아보지 않을 수 없었다.

“로, 자넨 애드리브가 뛰어난데도 노력은 왜 안 하는가?”

오래전, 지도교수의 지적이 떠올랐다. 로는 스스로 언제나 최선을 다한다고 믿었다. 그게 착각이었다는 걸 한참 후에야 깨달았지만. 자만심에 빠져있던 자신에게 교수의 조언이 귀에 제대로 들릴 리 없었다. 최선이란 노력하는 순간이 아니라, 노력이 더 이상 필요없는 자리에서 비로소 드러나는 것이란 걸. 그땐 몰랐지만, 이제는 조금 알 것 같았다

문득, 로는 디가 보고 싶어졌다. 단지 먼 친구를 떠올리는 것이 아니라, 지금 당장 곁에 있어야 할 사람이 없다는 사실이 마음 한구석을 채웠다. 조만간 디는 귀국할 것이고, 둘은 다시 술잔을 기울이며 이야길 나누겠지만—그 순간이 과연 예전과 같을까?

로는 왠지 디를 다시 만나러 가는 길은, 전과는 완전히 다를 것 같았다. 디가 한 번도 가보지 않은 길을 걷고 있다고 했던 것처럼. 그 길은 아마도 다시는 같은 자리로 돌아올 수 없는 길일 테지만, 디와 마주하는 그 순간 자신 역시 달라져 있을 것이다.

16. 오차의 방향, 존재의 거리

기계는 여전히 직진하라고 했다. 길이 끊겨도 방향을 고집했다. 계속 올라가다간 자칫 차를 돌릴 수도 없을 판이었다. 로는 결국 오던 길로 되돌아가서 다시 경로를 찾아보기로 했다. 우선 차를 돌릴 공간이 있는지 확인하려고 밖으로 나왔다.

다행히 네댓 번쯤 전 후진을 반복하면 되돌아 나갈 수 있을 것 같았다. 그래도 디에게 상황을 알려야겠다는 생각이 들었다.

"디, 내비게이션대로 왔는데 길이 막혔어. 거의 다 온 것 같은데, 산길이라 더 이상 나아가기가 힘들겠어."

"그렇다면 다른 길로 간 것 같아, 로. 갈래길에서 내비게이션이 더러 잘못된 경로로 안내하더라고. 되돌아 나와서 왼쪽은 피하고, 오른쪽 길만 따라가면 돼. 200m쯤 가면 집들이 보일 거야. 동네 어귀에 공용주차장이 있어. 거기로 나가 있을게."

"잘못 든 길은 되돌아가면 되는 거야."

로는 중얼거렸다. 그러다 곧 다른 생각이 스쳤다. 어떤 길은 되돌아가는 대신, 그 오차를 지나며 비로소 생겨나는 길일지도 모른다. 돌이킬 수 없는 것도, 결국 길의 일부였다는 듯이.

고개를 들자, 언덕배기 위로 뭉게구름이 낮게 떠 있었다. 눈이 시리도록 파란 하늘 아래에서, 손을 뻗으면 닿을 것만 같았다. 로는 알았다. 디가 걸어온 길과 자신이 걸어온 길은 단순히 물리적인 거리가 아니라, 존재의 거리였다는 것을. 디가 인도에서 찾은 세계와, 자신이 몽골에서 바라본 세계는 서로 닿지 않는 평행선 같았다. 그 평행선도 언젠가 겹쳐질 수 있을까.

로는 차를 돌리며 그 거리를 천천히 되짚었다. 되돌아가는 길이 아니라, 처음으로 향하는 길처럼.

흔들림의 도면

흔적은 지나간 것이 아니라,
지금을 따라 짓는 일이었다.
흔들림은 끝이 아니라, 결을 짓는 방식이었다

들녘의 바람이 낮게 몸을 누르며 지나갔다. 마을 길 너머, 낙엽은 여린 결을 따라 바스락거렸고, 소근대는 말소리가 먼 기억처럼 스며들었다. 풍경 끝자락, 눈에 닿지 않는 기척이 떨리듯 스쳤다. 닿을 수 없는 자리였지만, 묘하게도 로의 안쪽을 먼저 흔들었다.

마치 한때 놓치고 지나친 것이 마을 어귀에 조용한 흔적으로 새겨진 채, 지금을 기다리고 있다는 감각. 단순한 기시감이 아니었다. 되짚어야 한다는, 은근하고도 끈질긴 요구처럼 다가왔다.

그 변화가 실재인지, 혹은 또 다른 기류에 불과한 것인지 확인하긴 어려웠다. 그러나 로는 알고 있었다. 도심의 소란 속에서도 어떤 것들은 멈춰 있다. 혹은 흐름 속에서 다르게 조형되고 있다. 디가 손끝으로 가리킨 집—담연리 들녘 끝, 대숲 건너 자리한 그 집이 어쩌면 그 결을 품고 있었는지도 모른다.

*

디가 고샅 너머를 가리켰다. 언덕 위, 기와 얹힌 한옥은 숨을 죽인 채 웅크려 있었다. 낮은 담장 아래, 흙길 위로 마른 풀잎들이 드문드문 눌려 있었고, 바람은 그 사이로 미끄러졌다.

로는 한 걸음 물러서서 집을 바라보았다. 마치 시간이 그 집 뒤켠에 걸터앉아 말없이 기다리고 있는 듯한 기척. 착각일까, 아니면 아직 해소되지 않은 질문이 그 벽에 숨어있는 것일까.

그는 낮빛에 물든 대문을 밀었다. 삐걱거리는 소리 뒤로, 바람 냄새가 안쪽 마당에 부드럽게 스며들었다. 마당은 손길 없이 흙을 드러낸 채, 그 자체로 생기를 품고 있었다. 햇살은 담벼락 아래로 천천히 흘렀고, 그 빛은 방 안까지 느리게 적셔나갔다.

"이제 겨우 집 모양만 갖춘 정도야."

디는 땀에 젖은 팔뚝을 훔치며 웃었다. 해 아래 그의 피부는 뙤약볕 속 고구마 껍질처럼 말갛게 익어 있었다.

"인부 서너 명으로 버티고 있어. 아직 형태를 만들어가는 중이야."

디의 말에 로는 사랑채 마루로 발을 옮겼다. 미닫이문을 여는 순간, 남향빛이 방 안 가득 모여들었다. 볕은 벽장 한 귀퉁이를 스치고, 맞은편 주방까지 번져 있었다. 익숙한 구조였지만, 어딘가 정돈되지 않은 느낌이었다.

아래채는 위쪽과 온기가 달랐다. 햇살은 낮게 깔렸고, 너른 바닥에 밴 편백 향이 은근히 코끝을 자극했다. 마루 옆 창을 밀자, 로의 입에서 작은 숨이 새어 나왔다. 실내엔 바람이 먼저 다녀간 듯, 건초 냄새가 엷게 감돌았다.

디의 작업 공간—낮은 평상 위엔 대팻날과 못 주머니, 조각칼이 나뭇결 위에 멈춰 있었다. 고무래 옆으로 볏단 그림자가 길게 드리워졌다. 그 그림자 너머로 스민 고요가 로의 오래된 기억을 살며시 건드렸다.

후—그녀는 저녁 햇살처럼 마당을 스치고 지나갔다. 발자국은 바람에 사라졌지만, 숨결 같은 여운은 흙 속에 눌려 있었다.

흙마루 위엔 송진 냄새 밴 나뭇조각들이 흩어져 있었고, 햇살은 톱밥 위에 떨어져 작은 입자들을 반짝이게 했다.

"좀 엉망이지? 며칠째 손을 못 댔어."

디는 방 안을 둘러보다가 시선을 돌렸다. 그가 물푸레나무 상 앞에 다가앉자, 얼굴 위로 들녘 그림자 같은 빛이 스며들었다. 마치 영화의 한 컷처럼—시간은 멈췄고, 그 순간만이 살아 움직이는 듯했다. 마른 얼굴, 고요한 눈빛. 바위처럼 말없는 태도는 오랜 침묵을 지나온 사람의 결 같았다. 공간이 그를 품고 있는지, 그가 공간을 이끌고 있는지 알 수 없다고 느끼며 로가 나직이 물었다.

"귀국한 후, 집을 짓게 된 특별한 이유가 있어?"

디는 찻잔에 차를 따르며 담담히 입을 열었다.

"공동주택은 숨이 막히더라. 마침 부모님 옛집이 비었고, 그게 계기가 됐지. 처음엔 수리하려 했는데, 손봐야 할 곳이 많아서 결국 새로 짓게 됐어."

말끝에 고요가 내려앉았다. 디는 손끝으로 테이블을 가만히 쓸었다.

"아무리 서둘러도 회사에서 여기까지, 한 시간 반은 걸릴 텐데. 혼자서 쉽지 않았겠어."

디는 대답 대신 웃었다. 그때, 대숲 너머에서 닭 한 마리가 홱 날아올랐다. 흙먼지가 가볍게 일고, 풀잎이 돌아눕는 소리가 났다. 잠시 그는 생각에 잠긴 듯하다가, 속삭이듯 말했다.

"로, 이곳은 평범한 공간이 아니야."

낮고 단단한 디의 목소리가 이어졌다.

"이 집엔 머물던 숨이 남아 있어. 바람은 떠돌지만, 자취는 흙 아래 조용히 스며들더라."

마루판 아래에 내려앉은 말들, 기둥에 머물던 기척은 여전히 그 자리에 있었다. 로는 말없이 마루를 바라보았다. 공간의 무늬가 시간이 되어 흐르고 있는 듯했다.

그 집은 지나온 시간을 숨기지 않았다. 오히려 다시 시작할 수 있는 자리를 조심스럽게 내어주는 것 같았다. 모든 것이 고즈넉했지만, 마루 아래 어딘가 아주 희미한 변화가 잔잔하게 흔들리고 있었다.

그날, 로는 알았다. 흔들림은 바깥에서 오는 것이 아니라, 기억의 결이 안쪽에서 반응하는 일이었다. 공간은 풍경이 아니라, 숨결을 품은 시간이었다. 후의 흔적은 그 깊은 결층 속에 눌려 숨 쉬고 있었고, 그 기류는 움직임보다 먼저 태어난 듯, 조용히 다가왔다.

로는 처음으로 자신의 눈이 이전과 다르게 풍경을 바라본다는 것을 깨달았다. 바깥은 변함없었지만, 흔들리고 있던 것은 바로 자신이었다.

저녁 들녘 바람이 식탁 위를 살짝 어루만지고 지나갔다.

두 사람은 장터 끝 허름한 주막에 마주 앉아 있었다. 막걸리 잔이 오갔고, 이야기들은 술빛을 따라 저물녘으로 흘러갔다.

디가 천천히 입을 열었다.

"그곳은 시간을 다르게 살더라. 해 지면 멈추고, 바람이 불면 멈춰 서지. 여긴 시간도 계약처럼 우리를 밀어붙이지."

로는 잔을 기울이며 고개를 갸웃했다.

"얼마 전에 그 나라, 위성을 백 개 넘게 띄웠잖아. 그렇게 빠르게 살 수 있는데도?"

디는 술을 따르며 작게 웃었다.

"로, 시간은 우리가 만든 형식일지도 몰라. 과거와 현재로 나누지만, 실은 모든 순간은 겹쳐 있어."

로는 생각에 잠겨 술잔을 입으로 가져갔다. 식탁 위의 음식은 서서히 줄어들었지만, 그의 궁금증은 가라앉지 않았다.

"그렇다면… 그 사람들은 우리가 쓰는 시간 틀을 피해 살아간다는 거야?"

디는 고개를 끄덕였다.

"사람들은 시간이 선형적으로 흐른다고 믿지만, 인도에선 그걸 '순환'이라고 해."

로는 손가락으로 이마를 문질렀다. 익숙했던 시간의 궤도가 낯선 형상으로 뒤틀리기 시작했다. 시간이 순환한다는 생각은, 그가 오래전에 걸었던 언덕을 다시 오르는 듯한 감각으로 다가왔다. 그 언덕에서 본 풍경은 언제나 같았지만, 또 전혀 같지 않았다.

"순환? 하지만 우리는 분명 과거에서 현재로 진행되고 있잖아."

로는 시간은 한 방향으로 흐른다고 믿어왔다. 과거를 떠올릴 순 있지만, 다시 그곳으로 닿을 수는 없다는 식의. 체념처럼 내려앉았던 시간의 관념이, 지금 그의 내면에서 실처럼 느슨해지고 있었다.

디는 사기잔을 들어 등잔불 아래에서 술빛을 굴렸다. 잔 속의 흔들림이 빛을 따라 퍼질 때, 그가 말했다.

"시간은 흐르는 게 아니야. 그저 거기 머물러 있어. 우리가 그 곁을 잠깐 지나갈 뿐이지."

천막 끝자락이 바람에 소리 없이 흔들렸다. 로는 고개를 가볍게 끄덕이며 물었다.

"결국 우린, 우리가 그리는 선 안에서만 살아가는 거네?"

디는 잔에 술을 따르며 미소 지었다.

"진짜 시간은… 그 선 너머를 흐르고 있었던 건지도 몰라. 우리가 시간을 선형적으로 본다는 건, 우리 스스로 만든 틀일 뿐이고. 모든 순간은 겹쳐지고, 서로를 이어주고 있어."

잠시 침묵이 흘렀다. 로는 잔을 들며 생각을 이어갔다.

"그런데 디, 석가모니는 인도에서 태어났는데도 불교 기록은 대부분 중국에서 했다지. 그건 중국이 인도보다 역사를 중시한 나라라서인가? 우리 국어 선생님이 그런 이야기를 했었거든."

디는 술잔을 뒤집으며 말했다.

"기록은 사라짐에 맞서는 가장 조용한 저항이야. 말없이 남겨진 흔적이, 흐름을 붙잡는 방식이지. 그런데 어떤 이들은 오히려 '잊음'을 통해 흐름을 지속하려 해—그건 단순한 기억이 아니라, 존재의 방식이더라."

로는 그 말을 곱씹으며 잔을 바라보았다. 잊는다는 건 정말로 사라지는 게 아니라, 언젠가 다시 돌아올 수 있다는 뜻일까.

"그렇다고 인도에 기록이 없었던 건 아니야. 다만 중국이 역사를 문서로 남기는 데 훨씬 적극적이었었다는 점이 영향을 준 거겠지."

디의 말은 로의 내면에 조용한 균열을 남겼다. 그는 술잔을 들어 천천히 입으로 가져갔다. 불경엔 날짜 대신 떨림이 남아 있었다—바람에 눌린 마음, 색으로 물든 기억. 숫자보다 먼저 다녀간 감각이 그 속에 스며들었다.

디의 말은 흡사 섬진강 물줄기를 건너기 위해 굳이 다리를 놓지 않아도 된다는 뜻 같았다. 흐름에 스며들면 되는 거니까.

잔을 입에 가져가려다 말고, 로가 다시 물었다.

“그런데… 연대를 기록하지 않는다면 역사적 사실을 어떻게 구분할 수 있어?”

“과거는 조용히 걸어 나와 오늘을 스치고, 오늘은 이미 내일에 발을 담그고 있지. 시간은 원이 아니라, 흙 속을 지나가는 바람 같은 거야. 숫자보다 먼저 흘러간 숨이 더 많은 걸 남겨. 연대를 남기는 건, 그 흐름에 저항하려는 방식일 수도 있어.”

디는 말을 마치고 술잔을 내려놓았다. 로는 팔짱을 끼며 생각을 되짚었다.

“그러면 불경에 ‘언제’가 빠진 이유가 단순한 기록 방식이 아니라… 철학이었던 거네?”

로는 그제야 디의 말이 조금씩 이해되기 시작했다. 디는 가볍게 웃으며 말을 이었다.

“그들은 시간 속을 사는 게 아니었어. 그저 흐름을 바라보며, 그 곁을 지나갈 뿐이더라. 우린 순간을 붙잡으려고 역사를 쓰지만—사실은 시간이 우리를 계속 다시 쓰고 있는 거였어.”

디는 잔잔한 미소를 머금은 채 말을 이어갔다.

“그걸 가장 잘 보여주는 곳이 티루반나말라이야. 아루나찰라 산 아래, 명상하는 사람들을 보면—세상 흐름에서 한발 물러선 듯한, 낮게 깔린 고요가 있어. 참배객들은 끊이지 않고, 그 고요 안에 스며들지.”

로는 말없이 들판 끝을 바라보았다. 풍경은 그대로였지만, 자신은 그전과 같지 않았다. 디가 편지에 남겼던 문장이 기억났다.

‘적요의 멈춤, 생기 속의 정지—서로 반대라 믿었던 말들이, 그날 들풀 아래에선 하나의 결처럼 울렸어. 고요는 멈춘 자리에 없었고, 생기 속 틈에도 머물지 않았지. 풀잎 사이 눌린 바람의 흔들림 안에만, 은밀히 살아 있었어.’

디의 이야기에 집중하던 로는 혼잣말처럼 흘렸다.

“그럼, 우리가 지금 여길 지나가고 있는 건—기록하지 않기로 한 선택인가.”

로는 멈춤에 대해 더 듣고 싶었지만, 디가 생각에 잠긴 듯해 굳이 묻지 않았다. 아마도 디는 담연리 들판 끝 정자에서 부채를 놓고 숨을 고르던 노인을 떠올리고 있었는지도 모른다.

바람은 멈춘 듯했지만, 풀결은 여전히 살아 있었다. 그곳에서는 모든 것이 정지된 듯하면서도, 동시에 끝없이 움직이는 듯했다—디가 말했던 대로, 고요하면서도 자유로워 보이던 그들의 모습처럼.

로의 머릿속에 한 장면이 스쳤다. 노자와 『도덕경』에 대해 디와 대화를 이어가던 중이었다. 디는 길가 행인들 쪽으로 무심히 눈길을 던지며 말했다.

"노자의 무위는, 되는 대로 흐르는 게 아니야. 논둑 따라 스며드는 물처럼—가장 낮은 자리로 흘러도 가장 멀리 닿지. 힘을 쓰지 않지만 무력하진 않아. 얽매이지 않으면서도 새로운 결을 만들어. 그게 바로 무위이불위야."

로는 디의 말을 따라가며, 기억 속 흐름을 더듬었다. 디가 말한 자연스러운 흐름과 명상의 순간이 겹치면서, 후가 무대에서 말없이 춤추던 장면이 떠올랐다. 그녀는 물처럼 스며들었고, 정지마저 움직임처럼 살아 있었다.

바로 그때, 식탁 너머로 장터의 소란이 들려왔다. 입구에 피켓을 든 남자가 서 있었고, 그의 외침이 공간을 흔들었다.

"시간이 흘러도, 바뀌는 건 아무것도 없잖아!"

그 말은 북소리처럼 로의 내면 깊숙이 울렸다. 디가 말했던 '순환의 시간'은 공허한 철학이 아니었다. 지금 이 시골에서도 반복되고 있었다. 시간은 말없이 되돌아왔고, 고요 속 흔들림은 현실과 맞닿아 있었다.

다음 날, 집으로 돌아가는 길에 로는 디와 나눴던 이야기들을 되짚었다.

"넌 아직 내 말을 못 믿는 것 같지만, 몸과 마음이 진짜 나라고 믿었던 건 착각이었어. 나무 그림자라고 여겼지만, 뿌리는 더 깊은 데 있었던 거야."

그때부터, 디의 머릿속에 'You are That!'이라는 문장이 저녁 햇살처럼 조용히 내려앉았다. 의미보다 먼저 다가온 울림이었다. 로에게도 그 문장은 명확한 정의라기보다, 존재에 대한 감각으로 스며들었다. 아마도 그때, 디는 조용한 고통과 깨달음의 경계를 넘나들고 있었는지도 모른다.

잠자코 있던 디가 갑자기 눈을 반짝이며 물었다.

"로, '한때'라는 말을 들으면 어떤 느낌이 들어?"

"그냥… 지나간 시간의 조각? 과거를 부르는 말 아닌가?"

디는 잔을 내려놓으며 말했다.

"한때는 바람 위에 우리가 조심스레 걸어둔 이름 같아. 흘러가던 걸 붙잡으려 그은 선이지."

디는 잔을 내려놓으며 다시 말했다.

“우린 선을 그으며 살아가지만, 진짜 시간은 그 선을 넘나들며 모든 순간을 겹치게 하지.”

디의 말에 로는 입을 다물었다. 그 말은 오래 묻혀 있던 기억 하나를 슬며시 꺼냈다. ‘한때’란, 그가 붙잡지 못했던 어떤 순간의 결—사라진 것이 아니라, 흙 속에 눌려 있던 숨결 같은 감각이었다.

“시간이 따로 있는 게 아니라, 들풀이 흔들리듯 지나가는 걸 우리가 붙잡아 본 거지. 불경에선 날짜를 남기지 않잖아—아마도 지나간 것을 다시 돌아오는 것으로 보는 건지도.”

로는 그 말뜻을 완전히 이해할 순 없었다. 다만 그 말이 자신의 내면 어딘가를 슬며시 흔들고 있음을 느꼈다. 무대 위에서 흐름을 몸으로 지어내던 후의 자세가, 디가 말한 시간의 떨림 위에 겹쳐졌다.

“그럼, 애초에 없던 걸 우리가 의미를 얹은 뒤에 있는 것처럼 믿는 거야? 사랑도, 자유도 그럴까?”

로는 잔을 내려놓고 손끝을 바라보았다. 그 안에서 시간의 선이 흔들리고 있는 듯했다.

“그보단 없는 걸 있는 줄 안다는 거야. 우리가 계속 말하면, 마치 존재하는 것처럼 느껴지는 거지. 깃들어야 하는 게 있는데, 우린 자꾸 말을 먼저 내세워. 자유도 그래. 그냥 주어지는 게 아니라, 시대가 만들어내는 거잖아."

디는 말을 멈추지 않고 이어갔다.

"그런데 로, 불경에는 한 가지 특징이 있어. 넌 그게 뭘 것 같아?"

로가 대답을 꺼내기도 전에, 디가 말했다.

"문서엔 늘 육하원칙이 들어가잖아. 그런데 불경은 한 가지가 없더라—'언제'라는 구체가 빠져 있어. 때는 흐름에 맡겨두고, 그저 있었던 일만 말없이 스며들게 해."

로는 잠시 생각하다가 어깨를 으쓱했고, 디의 말을 기다렸다.

"지금도 곧 과거가 되잖아. 그렇지만 그게 사라지는 걸까? 내 생각엔 시간은 떠나는 게 아니라, 그 자리에 머물며 우리를 지나가는 것일지도. 부처의 경지에서는 과거와 현재의 구분이 무의미해질 수도 있어. 시간은 그냥 흐르는 것이 아니라, 존재하는 것일지도."

그 순간, 로의 눈앞에 장터 입구에 서 있던 마을 시계가 스쳤다. 시계는 쉼 없이 돌고 있었지만, 장터에선 그 누구도 시간을 재지 않았다. 그는 의자를 더 바짝 앞으로 당겼다.

"그렇다면 그 시대에 있었던 부처가 오늘날에도 존재할 수 있다는 말이야, 뭐야. 좀 더 쉽게 얘기해 봐."

디는 잠시 생각을 정리하듯 숨을 고르고 말했다.

"시간엔 두 얼굴이 있어. 하나는 숫자로 셈하는 흐름이고, 다른 하나는 말없이 스며드는 결이지."

로가 웃으며 되받았다.

"아, 누굴 기다리는 한 시간은 한없이 늘어지고, 좋아하는 이랑 함께할 땐 금방 하루가 지난다, 한 그거? 그런 게 시간의 결이라고 했지. 기억나."

디는 고개를 끄덕였다.

"그러니까 시간은 우리가 이름 붙인 관념일지도 몰라. 부처의 경지에서는 그마저도 사라지고, 남는 건 흐름뿐이겠지."

말을 마친 디는 잠시 골몰한 표정으로 침묵했다.

"선택도 시간처럼, 숫자보단 흐름이야?"

로가 물었지만, 디는 대답하지 않았다. 대신 그의 눈빛에 오래된 결이 차오르고 있었다. 미간은 서서히 주름졌고, 그 표정은 고목 껍질처럼 굳어져 갔다.

그런 현상을 처음 목격했던 순간을 로는 기억하고 있었다. 대학에 갓 입학해 친구들과 양산 계곡에 놀러 갔을 때였다. 모두가 웃고 떠드는데, 디는 느티나무 뿌리 틈을 오래 바라보다가 낮은 탄식을 흘렸다.

“햇살도 바람도 너무 고르게 지나갔어… 그래서 내게 나이테 하나 남지 않았던 거야.”

그 말엔 답답함과 깨달음이 동시에 담겨 있었다. 뜬금없는 그 소리에 모두가 일제히 디를 쳐다봤다. 그는 영락없이 백 살은 됨직한 노인 같았다. 말이 닿기도 전에 오래된 침묵이 내려앉은 얼굴이었다. 마치 미래에서 돌아온 사람처럼. 그러다 그는 아무 말 없이 어디론가 사라져 버렸다.

로는 그때부터 디에게서 시선을 떼지 못했고, 지금도 마찬가지였다. 디가 다시 입을 열었다.

“물길은 잡으려 하면 넘치고, 흘려보낼 때야 비로소 멀리 닿는 거지. 순간을 쥐려 하기보다—그 찰나가 저절로 피어나도록 숨을 주는 거야. 우리가 성취해야 할 건, 바로 그 찰나를 영원으로 바꾸는 일이야. 그러니까 로, ….”

디의 마지막 말은 로에게 닿지 않았다. 그가 어느새 문을 열고 황급히 바깥으로 몸을 내밀었기 때문이다. 하지만 로는 그 말이 무엇이었는지 짐작할 수 있었다. ‘삶은 흐름 속에 선택이 있다’—디의 얼굴엔 이미 그 뜻이 새겨져 있었다. 로는 그 말이 자신 안의 오래된 결을 건드리고 있음을 느꼈다.

길가 쪽으로 고개를 돌린 로의 눈에 한 노인이 들어왔다.

짚신을 끌며 걷는 그의 등엔 짚으로 엮은 상자가, 손에는 반들거리는 저울이 들려 있었다. 천칭이었다. 야릇한 기시감이 스쳤다. 마치 그 남자가 이 순간에 있어야 할 이유가 있는 듯했다. 노인의 손끝에서 천칭이 아주 천천히 기울어갔다. 그것은 무게보다 마음의 결을 저울질하고 있었다. 보이지 않는 기류가 그의 손끝에서 조용히 흔들리고 있었다.

식당 밖으로 나온 로는 서둘러 주변을 둘러보았다. 디는 보이지 않았다. 마을 어귀 느티나무 아래, 백발의 노인만이 서 있었다. 그는 느릿하게 걷다가 멈춰서서 숨을 골랐다. 그러다 거리 너머를 바라보며 낮게 중얼거렸다.

"시간을 잊을 수 있는 자만이, 세상의 결을 다시 짤 수 있지."

그 말은 오래전부터 알고 있던 진실을 확인하는 듯한 어조였다. 마치 과거의 시간에서 걸어 나온 자처럼. 이름 없는 예언 같은 그 말이 로의 내면을 다시 흔들었다.

그때, 들판 끝 밭고랑 너머로 사람들이 모여들었다. 누군가 오래된 마을 규약을 찢었고, 다른 이들은 흙바닥 위에서 피켓을 들고 외쳤다. 그 외침은 흔히 보는 시위가 아니었다. 그것은 지금을 붙들려는 몸의 떨림이었고, 고요한 마을의 시간 속에서—사라지지 않으려는 시간의 진동이었다.

곧 디가 말했던 '찰나를 영원으로 승화시키는 것'이 떠올랐다. 어쩌면 디는 길 너머 어딘가, 말이 닿지 않는 자리에서 숨을 고르고 있을지도 몰랐다.

로는 디가 있을 법한 쪽으로 발걸음을 재촉했다. 마음엔 조심스러운 기대가 일었다. 하지만 디의 모습은 보이지 않았다. 대신, 쉼터마루 기둥 한쪽에 잊힌 듯한 옛 글귀 하나가 눈에 들어왔다. 손끝으로 나무 표면을 더듬었다. 글씨는 희미하고 온전치 않았지만, 문장의 일부를 알아볼 수 있었다.

'찰나는 멈추지 않는다. 그것은 오래된 시간의 결 안에 숨 쉬고 있다.'

로는 숨을 깊이 들이켰다. 그 글귀는 지금의 층위를 뒤흔드는 울림 같았다. 눈을 들어 주변을 훑었다. 마을 길은 그대로였지만, 어딘가 낯설었다. 바뀐 건 저 흙길이 아니라, 그걸 바라보는 자신의 인식일지도 몰랐다. 그는 처음으로, 시간과 마주 선 듯한 느낌이 들었다.

로의 발밑 흙이 미세하게 떨렸다. 장터 어귀엔 종이와 잉크 냄새가 희미하게 감돌았고, 조금 전의 외침들은 바람 속에 머물며 아직 사라지지 않은 말처럼 공기를 채우고 있었다.

장터 중앙에 이르자, 농지 매입을 둘러싼 찬반 논쟁이 한창이었다. 늙은 남자는 쌀자루를 움켜쥔 손을 떨며 말했다.

"그 땅은 우리 아버지가 손수 개간한 거야. 값으로 환산할 수 없는 기억이 있어."

그의 목소리는 단호했지만, 눈가엔 오래된 피로가 번져 있었다. 젊은 농민은 팔짱을 낀 채 응수했다.

"그래도 바꿔야죠. 농사만으론 못 버텨요. 도시 자본이 들어와야 살길이 생긴다니까요."

말끝엔 망설임이 묻어났지만, 눈빛은 로가 오래전에 잃어버린 어떤 확신을 닮아 있었다.

주변 사람들은 숨을 죽인 채 둘 사이를 바라보았다. 장터의 소음은 잠시 멈춘 듯했고, 로는 그들의 다툼을 들으며 생각했다. 흔들림은 감정의 동요를 넘어서 균열 속에서 자라나는 변화의 징후였다.

또 다른 누군가는 반대 서명지에 줄을 섰고, 어떤 이는 땅이 바뀌어도 삶은 그대로라며 무심히 고개를 저었다. 한때 절대 변하지 않을 거라 믿었던 규약은 눈앞에서 거칠게 찢겨나갔다. 마을 게시판에 붙어 있던 낡은 종이는 바람에 흔들리며 찢긴 자락을 드러냈다.

장터 한가운데선 시간조차 멈춘 듯했고, 사람들은 그 정적 속에서 '지금'을 붙들고 있었다. 고요는 오래가지 않았다. 한 남자가 메가폰을 들고 외쳤다.

"변화가 온다 해도 사는 건 달라지지 않아! 바람이 바뀐다고 논둑까지 사라지겠나!"

그 외침은 바람에 흩어졌지만, 울림은 장터를 오래 맴돌았다. 로는 문득 깨달았다. 시간은 흐르는 것이 아니라, 인식의 방식에 따라 새롭게 빚어지는 것이었다. 그는 조용히 발을 내디뎠다. 시간은 그와 함께 움직이고 있었다.

어디선가 또다시 남자들의 소란스러운 목소리가 들려왔다.

"흙이 한 번 뒤집힌다고 결이 바뀌는 건 아니야. 진짜 변화는 뿌리 밑에서 올라오지."

장터 한구석, 나이 든 남자의 굵은 음성 뒤로 피켓을 내려놓는 젊은 남자의 웃음이 이어졌다.

"그러니까 흔들어야죠—지금부터. 뿌리를 드러내려면요."

소리는 골목 사이로 흩어졌고, 로는 떠올렸다. 선택은 언제나 흔들리는 순간에 깃든다는 말을. 그 소리는 그의 마음 속 깊은 곳을 건드렸다.

불어온 바람이 좁은 길을 훑고 지나갔다. 우리는 늘 변화의 순간 속에 있었고, 그 모습은 바라보는 시선에 따라 달라졌다. 목소리는 있었지만, 곧 바람 속으로 녹아들었고, 아이들이 뛰어가는 자리에 흔적을 남겼다. 모든 것은 조금씩 어긋났지만, 결처럼 이어지고 있었다. 떨림처럼, 기억처럼.

그럼에도 로는 아직 결을 붙잡지 못했다. 찰나가 흘러가기 전에, 그는 그것을 놓치지 않기 위해 다시 걸음을 옮겼다. 선택은 언제나 그렇게 시작되었다—무언가를 붙들기 위한 움직임. 사람들은 저마다 방향을 틀었지만, 그 발걸음은 바람처럼 흩어져 어디에도 닿지 못했다.

장터 끝 갈래 길 쪽, 한 할머니가 헌 쌀자루를 묶고 있었다. 손놀림은 느렸지만 노련했고, 옆에 선 농민회 회원은 마이크 대신 낡은 판넬을 들고 있었다. 판넬에 적힌 문장은 오래되어 빛이 바랬지만, 여전히 또렷했다—'땅의 값은 기억의 무게로 재야 한다.' 그 문장은 마치 바람 속에 묻힌 오래된 진실처럼 주변을 감싸고 있었다.

동시에 장터 중앙에서도 짧은 외침이 터졌다.

"논 팔면, 뿌리도 도장 찍히는 거야!"

사람들이 잠시 멈춰 섰고, 로도 발걸음을 늦췄다.

장터 입구에 서 있던 중학생 둘은 우편함에 붙은 서명지를 바라보며 뭔가를 덧붙이다가 고개를 갸웃거렸다. 손에는 스마트폰이 쥐어져 있었고, 화면 위엔 서명지를 번역하는 앱이 떠 있었다. 그때, 학생들 뒤쪽에서 쌀자루를 묶던 할머니의 말이 슬쩍 공간을 가로질렀다.

"글자만 바꾼다고 땅이 달라지냐. 흙은 말보다 오래 남는 거다."

그 말은 한낱 회고가 아니라, 시간에 대한 또 다른 감각의 표현처럼 로에게 와닿았다. 흔들림은 세대마다 다른 방식으로 인식되었고, 그 차이는 말보다 깊은 층위에서 드러났다.

사람들 사이에선 누군가 규약 문서를 들고 있었고, 또 누군가는 그 종이 위에 자신의 바람을 꾹꾹 눌러 적었다. 외침은 흙먼지 속으로 스며들었지만, 움직임은 멈추지 않았다. 그것은 마치 땅속에서 자라나는 뿌리처럼, 보이지 않는 곳에서 계속 이어지고 있었다.

농기계 창고 쪽으로 걷자, 로는 학창 시절 농활 때의 장면이 기억났다. 봄 끝자락, 첫 이랑을 갈기 위해, 디와 함께 들판을 걷던 그날이었다. 삽을 어깨에 짊어진 디의 뒷모습은 들판에 그어진 선처럼 고요했다.

로가 물었다.

"디, 농사는 왜 매번 같은 시기에 시작하는 걸까? 시기가 정해졌을까?"

디는 걸음을 멈추고 흙을 한 움큼 쥐었다.

"시기는 돌아오지만, 흐름은 같지 않아. 흙의 감촉도 해마다 달라."

그때 이미 디는 알고 있었다. 시간이라는 개념이 단순한 숫자나 달력이 아니라, 손에 쥘 수 없는 감각이라는 것을. 들판은 고요했고, 바람은 농기구의 쇳소리를 감싸며 흘렀다. 디는 짧게 덧붙였다.

"우린 흐름에 붙들리다가, 가끔 깨어나. 기억은 바로 그 틈에서 생겨."

그 말은 로의 내면에서 오래도록 반복되었고—지금 이 장터에서 들려오는 외침들과도 묘하게 닮아 있었다.

들판 위엔 햇살이 고르게 퍼졌고, 바람은 논둑을 따라 조심스럽게 흘렀다. 바람보다 먼저 움직이는 사람들의 몸짓을 보며, 로는 디가 말했던 '흔들림 속의 선택'이란 것이 멈춤이 아니라, 흙 아래에서 조용히 솟아오르는 흐름이라는 걸 깨달았다. 그것은 빛처럼 스치는 인식이 아니라, 오래 묻혀 있던 감각이 서서히 모습을 드러내는 일이었다.

로는 장터 끝 낡은 벽 앞에서 걸음을 멈췄다.

벽은 오래된 황톳빛이었고, 표면엔 고무래로 그어진 선이 희미하게 남아 있었다. 마치 누군가의 손길이 흙 위에 남긴 기억처럼.

로는 발끝으로 흙을 눌러보았다. 미세한 떨림이 전해졌고, 손끝엔 아직 말로 옮길 수 없는 결의 감촉이 와 닿았다. 그는 말없이 고무래 선을 따라 느릿하게 걸음을 옮겼다.

방학 때 후가 찾아와 무용 연습을 했던 자리가 보였다. 그 때 후의 춤은 춤이라기보단, 바람의 방향을 감지하는 몸짓 같았다. 그녀는 나뭇결을 따라 흐르듯 움직였고, 논둑 끝에서 한 번씩 가만히 멈춰 섰다. 양팔을 들어 올리며 후는 말했다.

"이건 그냥 무대가 아니야. 시간이 머물렀다 가는 곳이야."

그 말이 이제야 제자리에 돌아온 듯했다. 장터에서 흐르던 외침과 들판 위의 숨결은 이곳의 바람을 따라 여전히 낮게 깔려있었다. 단지, 그녀는 외침 없이도 방향을 만들던 사람이었을 뿐.

로는 사랑방 책궤 앞에 다가섰다. 오래 묵은 책 냄새가 흙 냄새와 섞여 있었다. 장판 아래에서 스며든 기운이 그 공간을 지키고 있었다. 책장의 묵은 향이 먼지 사이로 퍼지며, 공간 전체에 오래된 숨결을 퍼뜨렸다.

책궤 속 책들은 제각기 어지럽게 놓여 있었지만, 그 무질서 속에도 나름의 배열이 있었다. 로의 시선은 낡은 표지에 멈췄다. 등껍질처럼 거칠어진 책 한 권을 꺼내 들자, 귀퉁이에 '순수이성비판'이라는 제목이 희미하게 남아 있었다. 표지가 닳아 오랜 시간 손에 쥐어진 흔적이 결처럼 눌려 있었다.

책의 여백에는 묵은 필체로 한 문장이 적혀 있었다.

'흔적은 멈추는 게 아니다. 방향을 품은 결일 뿐이다.'

디가 자주 입에 올리던 말이었다. 혹은 그가 남기고자 했던 세계의 단면이었는지도 모른다.

책장을 넘기던 로는 사랑방 한쪽 벽 너머로 시선을 돌렸다. 책궤를 가르는 선 너머, 후가 지나가는 듯한 환영이 잠시 스쳤다. 그녀의 움직임은 벽 너머의 공기 속에 고스란히 남아 있는 듯했다—마치 방 안의 온도나 먼지의 흐름이 그녀를 기억하고 있는 것처럼.

책을 덮으려던 순간, 바깥에서 아이의 외침이 들려왔다.

"기록이 뭐가 중요하냐고요!"

갑작스러운 목소리는 바람처럼 스쳐 지나갔지만, 오래된 책장의 틈을 표나지 않게 흔들었다. 아무도 주목하지 않았던 결이, 그 한 줄에서 미세하게 깨어났다. 흔적은 과거의 일부가 아니라, 지금 이 순간 다시 움직이는 감각이었다. 어쩌면 그 외침도 하나의 시작이었는지 모른다.

로가 고개를 들자, 사랑방 창 너머로 희미한 불빛이 장독대에 닿아 길게 퍼지고 있었다.

책을 품은 로의 걸음은 마당을 지나, 숨을 죽인 듯이 고요한 작업실로 향했다. 그의 내면은 아직 말이 닿지 않는 질서로, 천천히 정렬되고 있었다.

작업 공간의 문을 열자, 디는 나무 상 위에 펼친 도면 위로 조심스레 연필을 움직이고 있었다. 로는 설계 도면 위의 어지러운 연필 자국들을 보며, 책을 상 가장자리에 살며시 내려놓았다.

"디, 이거 기억나?"

디가 책을 내려다보며 손으로 표지를 한번 쓸었다. 잠시 그의 눈빛이 과거 어딘가를 훑는 듯하다가 웃었다.

"칸트라니, 그거 네가 예전에 엄청 붙잡고 있던 책이잖아."

로는 미소를 지으며 책을 집어 펼쳤다. 책장 속 문장을 잠깐 들여다보다 입을 열었다.

"우리가 보는 풍경은 창틀에 걸린 단면일 뿐이다. 그 바깥은 흐림 속에서 잠들어 있다.”

로의 말이 반가운 듯이 디가 입꼬리를 올렸다.

“그래서 내가 그때 말했잖아. 결국 우리는 있는 그대로의 세계를 볼 수 없는 거야.”

기억을 더듬으며 로는 고개를 끄덕였다.

“보인다고 믿는 건, 우리가 가진 틀로 만든 풍경일 뿐이야. 선택도 마찬가지야—닿을 수 있는 범위 안에서만 가능하지.”

확신에 차서 말해놓고도, 디는 뭔가 좀 찜찜했다. 그가 다시 말했다.

“니체는 늘 경계에 머물렀던 것 같아. 이성도 감각도 넘어서야 했지만, 결국은 그 속에서 살아야 했지. 그 말이 늘 경계 위에서 아슬아슬했어.”

로는 다시 고개를 끄덕이며 책 속 문장을 들여다봤다.

“흔적은 지나간 게 아니라, 지금 여기서 깨어나는 건데… 그럼 우리가 극복해야 할 ‘자신’은 어떤 방향으로 나아가는 걸까?”

‘극복’이라는 말은, 무언가를 버리는 일이 아니라, 그 안에서 새로운 결을 발견하는 걸 말하는 게 분명했다. 로는 자신이 지금까지 붙잡고 있던 틀을 떠올렸다. 선택, 풍경, 틀, 경계—모두가 자신을 규정짓던 말들이었다.

디는 일어나 사랑방의 다른 책궤에서 책 한 권을 꺼내왔다. 표지엔 바람에 닳은 듯한 검붉은 글씨가 희미하게 남아 있었다—『차라투스트라는 이렇게 말했다』. 그 문장은 니체의 것이었지만, 이 순간엔 디의 입을 빌려 다시 살아나는 듯했다.

"니체는 '극복'을 말했지만, 그 극복은 결국 인식의 틀을 다시 묻는 일이기도 해. 그 틀을 이해하려면, 먼저 우리가 인식하는 방식부터 짚어야 해."

디는 책장을 넘기며 또 말했다.

"칸트는 이성을 통해 인식이 가능하다고 했지. 그렇지만 그것을 실재와 동일시할 수는 없다고 했어. 형태가 되기 전엔, 오직 떨림만 남아 있으니까. 니체가 말한 '극복'도 그런 떨림이었을 거야. 아직 완성되지 않은, 그러나 이미 방향을 품은 움직임."

디는 잠시 숨을 고르듯 생각하다 다시 말을 이었다.

"나는 여기서 건축 도면을 그리고 있지만, 그건 아직 모양이 아니야. 지금은 선만 있어. 형태가 되기 전엔 오직 떨림만 남아 있지. 선은 외형을 만들지 않지만, 움직임의 방향은 담고 있어."

디의 말에, 로는 도면을 따라가던 눈길을 멈췄다. 선들이 엮어내는 흐름 속에서 그는 잠시 생각에 잠겼다.

"그렇다면, 우리가 볼 수 없는 것들 사이에서 선택을 한다는 건… 이미 정해진 틀 안에서 고르는 일이겠네?"

디는 고개를 천천히 내저었다. 망설임이 잠시 머물렀고, 그는 책장 위를 손끝으로 가볍게 두드린 뒤 말을 이었다.

"보지 못했던 결 너머로 발을 내밀 때, 그제야 짓는 일이 시작되는 거야."

로는 디의 손끝을 바라보다가 자신에게 되묻듯이 말했다.

"그렇지만, 우리가 선택했다고 믿었던 건… 누군가 미리 그어놓은 선 안에서, 미리 짜인 틀 안에서 고른 것일지도 몰라."

디는 선뜻 대꾸하지 않았다. 그의 눈빛은 잠시 먼 곳을 향했고, 그가 그은 선 위에 머물러 있던 침묵은 길어졌다. 책 속 문장과 도면의 선 사이에서, 로는 어렴풋이 한 흐름을 읽었다—아직 모양을 갖추지 않은, 그러나 분명히 존재하는 방향들.

"글이 아니라 흐름이지. 나는 문장보다 몸이 먼저 반응하는 순간들이 진짜 사유였다고 생각해. 너도 그랬잖아. 후의 움직임을 처음 봤을 때 말보다 감각이 먼저 움직였다고."

디는 뭔가를 짚어내듯 다시 말을 이었다.

"로, 흔적은 남는 게 아니야. 계속 바뀌면서 다시 짓는 거지. 우린 객관적인 선택을 한다고 생각하지만, 실제로는 우리가 경험하고 사고하는 방식이 이미 어떤 틀 속에서 형성돼. 그러니까, 이론적으로 완전한 자유란 없다는 거야."

로는 잠시 침묵하다가 조심스레 물었다.

"그런데 그렇게 새로운 길을 만든다고 해서… 누구나 따를 수 있을까?"

디는 말없이 웃다가, 차분한 목소리로 말했다.

"로, 흐름을 따르게 하는 게 아니야. 그 흐름 속에 자신도 스며들게 되는 거지."

디는 말을 마친 뒤, 창밖의 들판을 바라보았다. 저녁빛이 마당 끝을 부드럽게 덮고 있었다.

바람은 느리게 지나갔고, 들판의 소리와 먼 새소리가 작업실 안의 침묵과 엮였다.

"그 흐름에 스며들다 보면… 결국 우리도 그 흐름을 다시 짜게 되지 않을까."

로의 물음에 디는 곧바로 대답하지 않았다. 연필은 그의 손에서 멈춰 있었고, 숨결은 바깥의 바람과 겹쳐졌다. 디가 가만히 고개를 들었다.

"조금 달라졌지. 아니, 정확히 말하면… 내가 그어온 선이 달라졌어. 예전엔 흐름을 따라 그었다면, 지금은 흔들림 자체를 그으려 해."

로는 잠자코 디의 얼굴을 바라보다가 물었다.

"흔들림이 결이 될 수 있어?"

디는 고개를 끄덕이며 담담하게 말했다.

"결은 늘 그 안에 있었어. 나는 이제야, 그 선을 눈으로 볼 수 있게 된 거야."

도면 위 선들은 미세하게 흔들리고 있었다. 그러나 그 떨림 속에서 결은 조용히 짜이는 중이었다. 처음엔 그 떨림이 불안처럼 느껴졌지만, 로는 그것이 결을 짜는 방식이라는 걸 깨달았다. 도면은 말없이 완성되어가고 있었고, 그 안엔 흔들림이 만든 길이 있었다.

디가 다시 입을 열었다.

"진짜 선택은 누군가 만든 길을 걷는 게 아니야. 논둑 옆 자갈밭에도 발자국은 남아. 그게 우리가 짓는 길이지."

디는 잠시 말을 멈추고 생각하다 덧붙였다.

"흔적은 멈추는 게 아니야. 흙은 다시 눌리고, 결은 숨결처럼 스며들어."

로는 그 말끝을 되새기며 도면 위 선을 따라 시선을 옮겼다. 손은 아직 그어지지 않은 여백 위에서 머물러 있었다. 그 여백은 선택 이전의 자리였다—이미 정해진 결이 아니라, 스스로 짜기 시작한 흐름의 시작.

로는 디의 말 속에서 자신 안의 흔들림이 결이 되어가는 감각을 느꼈다. 그것은 말보다 먼저 움직이는, 오래된 사유의 몸짓이었다.

디는 연필을 들어 아무도 밟지 않은 방향으로 선을 그었다. 로는 알았다. 그 선은 외형이 아니라, 내면의 떨림이었다. 디의 손끝에서 번진 사각거림은 '지금'이라는 결의 첫 흔들림 같았다.

디는 도면을 마룻바닥에 내려놓고 정성스레 접었다. 표면엔 아직 완성되지 않은 선들이 흐르고 있었다. 곧 그는 묵은 지도를 꺼내 펼쳤다. 그 위에 아무도 긋지 않은 선을 천천히 그어나갔다.

기존의 지도는 접히고, 지금이라는 선이 새로 펼쳐지고 있었다.

담연리 들길의 흙먼지가 로의 발끝에 살며시 일었다. 걸음은 조용했지만, 어딘가 시작되는 기척이 있었다. 디의 집은 여전히 들녘 끝 그 자리에 있었지만, 며칠 사이 풍경은 조금씩 달라져 있었다. 풀의 결이 달라졌고, 바람의 방향도 미묘하게 틀어져 있었다.

현관 앞에 멈춰선 로는 문을 열기 전 잠시 숨을 고르며 생각했다.

'디는 늘 말보다 먼저 몸이 방향을 잡곤 했지. 말하지 않아도, 그 움직임이 이미 답이었어.'

문고리를 잡은 채, 로는 조용히 지금을 따라갔다. 디의 통찰을 이해하려 애썼지만, 따라잡은 적은 없었다. 그 기억은 오래 묵은 도면처럼 마음속에 잔잔한 선을 남기고 있었다.

작업실은 디의 사고와 손결이 눌린 채로 조용히 숨 쉬고 있었다. 낮은 유리창으로 들어오는 빛과 나무 향은 고요했지만, 공기는 어딘가 달랐다. 익숙하면서도 낯선 기운. 디의 움직임은 느렸고, 침묵은 더 깊었다.

"디, 너 요즘 뭔가 달라진 것 같아. 너도 알지?"

디는 옅은 미소를 지었다. 그러나 그 안엔 깊은 밤처럼 묵직한 고요가 흘렀고, 오래된 나이테 같은 결이 보였다. 로는 말보다 오래된 시간이 그의 표정 위에 겹겹이 쌓인 듯한 이질감을 느꼈다. 침묵이 가장 깊은 이야기인 것처럼.

"사람은 늘 변하잖아, 로."

로는 고개를 갸웃했다. 변하는 건 자연스러운 일이지만,

벗어나는 건 다른 문제였다. 그렇게 말하고 싶었지만, 그는 입을 다물었다.

디는 마루 끝에 놓인 작은 나무집 모형을 들어 손바닥에 얹었다. 손가락으로 나뭇결을 천천히 쓸었다. 오래된 기억을 되짚듯, 조심스럽게. 그러다 동작을 멈췄다. 마치 그 자리를 마지막으로 새기는 듯.

로는 그 짧은 정적 속에서 묻고 싶었다. 디, 넌 지금 어디를 향하고 있는 거야.

"후는… 잘 지내고 있겠지."

그 이름이 공기 속에 떨어지는 순간, 로는 무대 위를 가로지르던 그녀의 결을 따라 마음이 흔들렸다. 말이 닿기 전, 몸짓이 먼저 길을 내던 잔향처럼.

디의 철학도, 로의 그림도 그녀를 붙들어놓지 못했다. 후는 오로지 그녀만의 리듬을 찾고 싶어 했다. 말이 아닌 몸의 떨림으로. 관계는 그녀를 흔들었지만, 그녀는 흔들림 속에서도 언제나 중심을 찾아냈다.

디의 짧은 한마디는 무언가를 조용히 떠나보내려는 듯했다. 후의 이름에 로는 잠시 가슴이 저릿해졌고, 그녀가 마지막으로 했던 말이 울림처럼 다가왔다.

"움직임은 사라지는 게 아니야. 조용히 남겨지는 거야."

그 말을 들을 땐 몰랐지만 지금, 로는 그 움직임 속에서 고요히 흔들리고 있었다.

디는 흙바닥에 손을 얹었다. 온기가 손끝에 내려앉았고, 그 기운은 바람처럼 번져갔다. 말 없는 작별의 숨결 같았다.

"로, 후는 늘 자신만의 결을 찾으려 했지. 그게 내가 배운 거야. 흔들린다는 건… 흔들리지 않으려 애쓰던 자리에서 벗어나는 몸의 기억일지도 몰라."

로는 말없이 고개를 끄덕였다. 어떤 말보다 먼저 다가온 결. 그것은 지금도 이 공간 안에 살아 있었다. 그날의 무대―후의 몸짓은 바람처럼 가벼웠고, 발끝에서 말보다 깊은 움직임이 흘렀다. 그는 눈을 감았다. 흔들림은 사라지지 않았다. 결은, 말 없이 살아가는 방식이었다.

그날, 디는 처음으로 나뭇결이 어긋나는 것을 허락했다. 완벽했던 틈이 불완전함을 받아들인 순간―그는 더 이상 견고함을 추구하지 않았다. 그것은 시작이자, 끝이었다.

로는 들리지 않은 마지막 문장을 마음에 적어두듯 걷기 시작했다. 디의 시가 자연스럽게 떠올랐다. 그의 숨결 위에, 그 시가 결처럼 가만히 놓였다.

부재와 흔적 사이

문은 닫혀도 공간은 닫히지 않는다
바람은 머물지 않지만, 지나간 자리에 결은 남는다
어둠은 빛을 삼켜도, 빛은 어둠 속에서 생성된다

나무가 뿌리를 둔다 해도, 그 자리가 반드시 이유가 되는 건 아니다
잎은 바람을 따라가지만, 떠나는 순간 이미 다른 곳에 있다
흔적이 아니라 흐름을 따라서

흐름 속에서 멈춘 자만이
시간이 존재하지 않음을 깨닫는다

모든 건 지금이다
지금은 멈춘 것이 아니라,
가장 깊은 흐름이 시작되는 자리다

*

장터의 외침은 결심처럼 울렸고, 깃발과 손팻말이 바람 속에서 나부꼈다. 로는 그 흐름의 중심에 서 있었다. 흔적은 남는 것이 아니라, 지금 이 순간에 다시 생성되는 리듬이었다. 그 확신과 의문 사이에서 그의 마음도 흔들렸다.

장터를 벗어난 순간, 어둠은 골목 모서리에서 로를 천천히 삼켰다. 바람에 실린 잔향은 떠돌았고, 불빛은 누군가의 이름처럼 멀게, 그러나 분명하게 로의 마음을 건드렸다. 들판과 사랑방 사이의 풍경은 마지막 여운처럼 붙들려 있었고, 바람이 스칠 때마다 숨이 잠시 머물렀다. 저녁빛 아래 눌린 불빛은 로의 걸음을 더듬듯 따라왔다.

길 위를 지나가는 사람들. 그들은 목적지를 향했지만, 로의 눈엔 그 움직임이 흔적이 아니라 흐름 속에 스며 사라지는 듯했다. 시간은 흘러가는 것이 아니라, 매 순간 새롭게 깃드는 결 같았다. 우리는 존재하지 않는 경계 위를 걷는다—과거도 미래도 아닌, 막 생성된 지금 위에서 흔적을 남기려는 몸짓으로.

로는 더 이상 디를 좇지 않았다. 오히려 디의 존재가 그의 시간 속에서 자신을 다시 짜고 있다는 걸 느꼈다. 디는 매 순간 새롭게 구성되어 그의 내면을 조용히 흐르고 있었다. 지금, 이 순간에도. 아직 끝나지 않은 대화처럼.

그는 알았다. 시간은 흔적이 아니라 흐름이며, 지금에 닿을 때만 존재한다는 것을.

로는 걸음을 멈췄다. 바람과 빛이 길을 나누고, 어둠은 기억처럼 마루 끝을 덮었다. 시간은 말없이 몸을 바꾸었다—빛과 어둠 사이에서 결을 틔우듯. 거리는 여러 겹의 시간 속에 겹쳐 있었다.

바람에 떠오른 종이 한 장이 로의 발끝에 닿았다. 찢긴 면에 남은 작은 손글씨는, 마치 바람이 써 내려간 것처럼 은은히 울리고 있었다.

'흔들리는 지금이야말로, 우리가 살아낸 흔적이야.'

그 한 줄 속에서 로는 디의 움직임을 떠올렸다—생각보다 먼저 움직이던 손끝의 떨림처럼.

혼돈과 질서가 번갈아 흔들리는 거리 한가운데, 처음의 몸짓은 늘 혼돈 속에 있었다. 그러나 그 몸짓은 질서를 갈망한 것이 아니라, 흐름을 따라 흔들린 것이었다.

로는 먼 논길 위에서의 첫 몸짓을 떠올렸다.

지금은 언제나 처음처럼 다가왔다. 모든 것은 흐르며 흔적이 되어갔다. 이 순간 또한, 이전과 다르면서도 같은 흐름 속에서 태어나고 있었다. 로는 그 이미지를 붙잡아야겠다고 생각했다.

집으로 향하는 로의 걸음이 빨라졌다. 발끝이 바닥에 닿는 순간, 그는 깨달았다—몸은 먼저 안다. 말보다 앞서, 걸음은 이미 시작되고 있었다. 후가 전에 했던 그 말처럼, 몸의 리듬은 언제나 먼저 도달한다. 언어보다 깊은 결을 따라.

흔적은 지나간 것이 아니라, 지금을 따라 다시 짓는 일이었다. 흔들림은 끝이 아니라, 결을 짓는 방식이었다. 그리고 지금, 그는 그 결 안에서 조용히 다음 순간을 살아가고 있었다.

끝에서 시작으로

난 언제나 움직임 속에서 답을 찾고,
멈춘 장소에서도 흐름을 읽으려고 해.
기억은 지나가는 몸의 진동이고, 그 떨림은
다음 공간을 여는 문장이 되니까.

바람이 돌 위를 스치며 첫 숨결을 남겼다. 귓가를 흔든 공기의 떨림에 후는 걸음을 멈췄다. 보이지 않는 기척이 그녀를 감쌌다. 비스듬히 흘러든 햇살 아래 돌의 결이 겹겹이 드러났고, 석상의 윤곽은 물결처럼 흔들렸다.

발을 옮기자, 흙이 바스락거렸고 돌에 닿는 순간, 손끝에 온기가 퍼졌다. 단순한 물성이라기엔 감촉이 지나치게 생생했다. 오래된 숨결이 스며드는 것 같았다.

이유는 알 수 없었지만, 발을 내디딜 때마다 저 너머에서 무언가가 기다리는 듯했다. 그녀는 하나의 돌로 다듬어진 석상 앞에서 고개를 길게 젖혔다.

여래상의 몸짓은 절제된 채, 두 손만이 품을 이루고 있었다. 눈매는 길고 부드러웠으며, 입가에 스친 미소는 말로 담기 어려운 기원처럼, 고요한 결을 머금고 있었다. 석상의 시선을 따라가자, 저 멀리 또 하나의 여래상이 같은 모습으로 서 있었다. 해질녘 들판 한가운데, 두 형상이 서로를 바라보고 선 풍경 안에 자신이 있다는 사실이 어쩐지, 예정된 일처럼 여겨졌다.

'고도리 석불 여래입상'이라 적힌 석비 아래, 작은 문장이 눈에 들어왔다.

'섣달이면 만나는 두 여래는, 닭이 울기 전 헤어져 다시 제자리를 지킨다.'

그 문장은 단지 전설만은 아닌 듯, 오래된 숨결처럼 후의 가슴에 내려앉았다. 순간, 갑작스레 바람이 몰아쳤고 그녀는 그 자리에 얼어붙었다. "널 기다리고 있었어." 소리는 없었지만, 울림은 귀보다 깊은 곳에서 시작되었다. 한기가 온몸을 관통했고, 오래된 침묵이 공기 속을 가르듯 지나갔다.

당황한 후는 두 석상을 번갈아 올려다보며 숨을 삼켰다. 심장이 잊힌 이름을 속삭이듯 숨죽인 채 떨렸다.

석상이 남긴 표정은 시간 너머에서 숨 쉬고 있었다. 밋밋한 몸통과 길게 눌린 눈매, 짧은 코는 같았지만—하나는 여유롭고, 다른 하나는 어딘가 서운해 보였다.

저도 모르게 가슴께를 쓸었다. 그 표정은, 잊힌 줄 알았던 누군가의 얼굴을 닮아 있었다. 이름도 시간도 없었지만, 그리움처럼 손에 닿을 듯 가까워졌다. 아련한 빛 너머에 한 사람이 서 있었다. 얼굴은 광채에 잠겨 형태만 드러났다. 바로,

여래상이 그녀를 내려다보고 있었다.

후는 그제야 깨달았다. 이 석상을 보게 된 일도, 백제 왕궁터에 돌아오게 된 것도 아무도 일러주지 않았지만, 그녀의 몸이 먼저 알고 있었다는 걸.

왕궁터에 첫 발을 디뎠을 때, 몸이 먼저 방향을 알아챘다. 익숙함은 오히려 낯섦처럼 다가왔다.

초록빛 평원이 너울거렸고, 중앙의 미륵사지는 묵직한 침묵 속에 자리하고 있었다. 후는 넓게 펼쳐진 궁터를 천천히 둘러보았다. 한때 이곳은 백제의 심장이었다. 왕이 정사를 돌보던 정전과 그 뒤편의 후원. 역U자형 수로가 궁성을 감싸고 이어졌다. 이국적인 결을 띤 조경석 사이로 오래된 기억이 조용히 배어 있었다.

발아래로 미세한 울림이 일면서 멈춰 있던 몸이 반응했다. 숨을 고르며 팔을 올리자, 손끝이 바람을 따라 흘렀다.

이곳에 처음 왔을 때, 후는 춤이 무엇을 깨울 수 있을지 알지 못했다. 다만 이 터의 정적에 몸을 맡기고 싶었다. 그러나 손과 발은 자연스럽게 움직였고, 그 흐름은 공간의 결을 따라 이어졌다.

천천히 팔의 방향을 바꾸고, 상체를 활처럼 구부렸다. 바닥을 스치는 찰나, 후는 놀라 멈칫했다. 겨울 땅이 이상하리만치 따스했다. 묻혀 있던 온기가 흙 속에서 피어올라 그녀를 감쌌다. 문득, 디가 건축 현장을 바라보며 했던 말이 떠올랐다.

"공간은 늘 멈춰있는 것 같았어. 그런데 움직임이 시작되면 살아나는 거야."

그때는 이해하지 못했지만, 지금은 생생하게 와닿았다. 퍼져나가는 감각을 따라 후는 선회했다. 다시 두 손을 땅에 짚자, 무언가가 신호를 보내오는 듯했다. 전율이 퍼지며 흩어진 기억들이 눈앞을 덮쳤다.

어딘가에서 낮은 속삭임이 숨결처럼 피어올랐다. 돌아가야 한다는 생각. 오래전부터 정해진 약속처럼, 그 감각은 말보다 먼저 움직였다. 그 떨림은, 이 터가 품어온 기억이 몸을 따라 되살아나는 순간이었다.

후는 숨을 고르고, 공간의 흐름을 읽었다. 몸은 점차 바람과 빛 속으로 스며들었다. 그녀는 회전하며 발을 뒤로 뻗었다. 공기가 슬며시 그녀를 떠받쳤다. 팔은 하늘을 그렸고, 몸은 사라진 언어처럼 침묵의 결을 따라 흘렀다.

그것은 한 개인의 춤이라기엔 너무 깊었다. 그녀의 몸짓은 시간의 흔적이었고, 기록의 결정체였다. 발끝이 닿는 자리마다 한성과 웅진, 사비의 기척이 되살아났다. 그 결은 멈춘 적 없다는 듯, 고요히 그녀를 지나갔다.

몸을 감싸는 미묘한 떨림이 일었다. 그 순간, 후는 알았다. 이곳은 끝이 아닌, 순환의 기억이 시작되는 자리라는 것을.

리허설은 막바지에 접어들었다. 후는 바닥에 앉아 숨을 고르며 신발 끈을 조여 묶었다. 촬영팀과 무용수들은 동작을 점검했고, 후는 머릿속으로 장면의 리듬을 그렸다. 공기는 숨처럼 가벼웠고, 조명은 얼어붙은 막처럼 무대를 감쌌다. 그녀의 몸은 여전히 미륵사지의 바람을 따라 움직이고 있었고, 그 바람은 아직 그녀의 몸 안에 흐르고 있었다.

“몸이 아직 기억 속에 머물러 있어요. 흐름이 스스로 깨어나게 해보세요.”

후의 말에 몇몇은 고개를 끄덕였지만, 의아해하는 표정들도 보였다.

“무용에도 방향성이 중요하지 않나요?” 한 단원이 망설이다가 물었다.

“너무 즉흥적이면 의미가 흐려질 수도 있고… 형식이 없으면 관객은 뭘 봐야 할지 모르잖아요.” 또 다른 무용수가 이어 말했다.

후는 그 말들에 머물며 생각을 되짚었다. 틀린 말은 아니었다. 하지만 그녀는 틀을 벗어난 감각이 더 진실에 가까울 수 있다고 믿었다. 이번 춤은 익숙한 형식을 벗어나, 여운의 흐름 속에 몸을 실었다.

땅을 스칠 때의 따스한 감촉, 손끝에서 퍼지던 미묘한 떨림. 석상 앞에서는 공기가 멈춘 듯했다. 돌의 침묵은 시선을 붙잡았지만, 몸은 그 고요 속에서 방향을 잃었다. 반면, 미륵사지의 바람은 움직임을 기억하듯 그녀의 몸을 따라 스며들었다. 시간은 그 리듬 속에서 서서히 풀려나갔다.

그럼에도 그 감응을 언어로 전하는 건 쉽지 않았다. 연습을 거듭할수록 동작은 오히려 더 어색해졌다. 감각은 그녀를 더 깊은 층으로 이끌었다.

이 춤은 단순한 재현이 아니었다. 사라진 시간의 잔향을 몸으로 이어 붙이는 일이었다. 역사 속에서 사라졌을지라도, 육체가 기억하는 감각은 아직 남아 있을 터였다. 팔을 천천히 들어 올리자, 낯설고도 익숙한 장면들이 스쳐 지나갔다. 붉은 천과 사비성의 기둥 사이를 지나가는 무희들. 그들의 발끝은 무너져가는 왕국의 숨결을 감싸듯 조용히 가라앉았다. 그 떨림은 공기 속에서 언어처럼 흩어졌다.

후는 그 감응을 숨결로 끌어올렸고, 가슴은 낯선 진동으로 가득 찼다. 움직임은 기도처럼 공간 위에 새겨졌다.

몸을 일으켰을 때, 그 춤은 떠나간 왕국의 잔재가 아니었다. 그녀의 몸에서 낯선 듯 익숙한 결을 따라 살아나고 있었다.

화면에는 숨죽인 거리 풍경이 느릿하게 흘렀다. 녹슨 간판이 바람에 흔들렸고, 상점의 문은 굳게 닫혀 있었으며 그 앞엔 말 없는 시간이 내려앉았다.

"이곳의 마지막 주민이 떠났습니다."

리포터의 음성이 낮게 울렸다.

"아이들의 웃음이 사라진 거리. 봄마다 불을 밝히던 축제의 열기는 이제, 텅 빈 골목에 스산한 그림자만을 남겼습니다."

후는 그 말을 듣고 숨을 삼켰다. 그 거리의 침묵이 그녀의 기억과 겹쳐졌다. 거울 속 반짝이던 어린 몸짓, 낡은 마룻바닥에 스며들던 음악, 아이들의 웃음이 공기 속으로 퍼지며 춤처럼 흘러가던 순간들.

그러나 몇 년 후 다시 그곳을 찾았을 때, 무용실은 사라지고 낯선 건물이 들어서 있었다. 몸은 사라졌지만, 공간은 여전히 숨 쉬며 그녀를 기다렸다. 시간은 그녀의 몸을 따라 잔잔한 떨림으로 되살아났다.

숨을 내쉬며 후는 리모컨을 내려놓았다.

방 안에도 같은 정적이 스며들었다. 소파에 앉은 그녀는 천천히 발끝을 밀었다. 공간은 멈춘 듯했지만, 그녀의 내면에서는 시간이 여전히 살아 움직였다. 몸은 정지했지만, 발끝은 기억의 여운을 따라 가만히 반응했다.

거울 속에 또 다른 그녀가 있었다. 움직이는 모습은, 오래도록 남아 있던 기억의 흔적이었다. 움직임은 사라지지 않는다. 춤은 몸을 떠나도, 언젠가 또 다른 몸을 통해 되살아난다.

후는 리모컨을 집어 뉴스를 켰다. 적막한 도시의 잔해가 화면을 스쳤다. 유리창 너머로 먼지가 흩날렸고, 무너진 외벽과 닫힌 창, 그리고 흐릿하게 지나가는 화면 아래 BALELSIA라는 이름이 흘렀다.

그 이름은 기억보다 먼저 심장을 두드렸다.

"전쟁 100일째, 도시는 폐허가 되었습니다."

아나운서의 목소리가 납처럼 가라앉았다.

카메라가 비춘 곳엔 무너진 건물들. 창문 자리에 남은 건 어둠뿐이었다. 사람들은 잔해 위에 앉아 말없이 허공을 바라보았다. 텅 빈 눈동자 사이로 바람이 살며시 스쳐 지나갔다.

"국경을 넘어 피란길에 오른 사람들은…"

화면 속, 먼지 위에 남겨진 발자국은 아직 멈추지 못하고 있었다. 말은 뒤늦게 따라왔지만, 화면은 이미 고통을 다 드러내고 있었다.

후는 그 장면을 바라보며, 바렐시아의 곡선이 더 이상 춤을 부르지 않는다는 사실에 가슴이 조여들었다. 그녀는 처음으로, 춤이 아닌 침묵으로 말해야 할지도 모른다는 생각이 들었다.

바렐시아는 '남방의 곡선 왕국'이라 불렸다. 직선보다 곡선이 살아 움직이는 도시. 길과 회랑은 리듬을 타듯 이어졌으며 광장은 반달처럼 열려 있었고, 수로는 땅 아래로 숨죽이며 흐르고 있었다. 정원은 춤을 부르는 동선으로 짜여 있었고, 그들은 몸으로 말을 건넸으며 춤으로 기억을 불러냈다.

후는 그 곡선을 따라, 잊힌 언어를 되살리고 싶었다. 바렐시아의 곡선은 기억을 깨웠고, 도시 구조는 춤을 부르는 악보처럼 조성되었다. 특히 왕궁에서 열리던 '하레무르(Haremur)' 무용은 사비성에서 전해진 춤의 기억을 품고 있었다. 하레무르의 첫 동작은 손끝으로 공기를 가르는 것이었고, 그것은 왕국의 첫 숨결을 깨우는 기도였다. 발끝은 백제의 수로를 따라 미끄러졌고, 손의 곡선은 잊힌 왕국의 리듬을 불러냈다.

하지만, 바렐시아는 무너졌다. 붉은 석재 위 곡선은 균열 속에 잠겼고, 그 위엔 침묵이 재처럼 내려앉았다. 화면을 바라보며 후는 깨달았다. 바렐시아의 곡선은 공간을 짓는 선이 아니라, 몸을 이끄는 리듬이었다. 그것은 몸의 언어였고, 기억의 악보였다. 그렇지만 그 선은 이제 더 이상 몸을 부르지 않았다. 이 자각은 그녀를 흔들었다. 더 이상 춤을 부르지 않는 곡선 앞에서, 후는 잊힌 언어를 되살려야 한다는, 운명처럼 선명한 감정에 사로잡혔다.

후는 원형 테이블에 앉아 단원들을 찬찬히 바라보았다.

잠깐의 침묵이 지나자, 그녀는 손끝으로 공기의 결을 조심스레 짚었다.

"이제 우리는, 사라지는 공간을 향해 춤출 겁니다."

목소리는 낮았지만, 울림은 깊었다.

단원들은 놀란 표정을 지었다. 몇몇은 서로를 바라보았고, 일부는 조심스럽게 질문을 던졌다.

"그곳엔 와이파이도 없을지 몰라요. 우리가 만든 음악도 없이 춤춰야 한다는 뜻인가요?"

"사람들이 없는 거리에서 춤을 춘다면, 우리 움직임은 누구를 향하는 거죠?"

후는 잠시 숨을 고르며, 그들의 불안이 자신 안으로 번져오고 있음을 느꼈다. 후는 알고 있었다. 이 춤은 단순한 공연이 아니라, 존재를 증명하는 춤이 될 거라는 걸.

"맞아요, 음악 없이 춤출 거예요. 우리가 만든 리듬이 아니라, 공간의 호흡을 따라가는 춤이에요."

다른 단원이 질문을 던졌다.

"만일 아무도 없다면, 우리가 남기는 흔적은 사라지는 거 아닌가요?"

후는 고도리 석상과 궁터의 미륵사지를 떠올렸다. 그녀는 손을 들어 보이며 단호하게 말했다.

"움직임이 시작되면, 공간도 호흡을 시작해요."

단원들은 차츰 가라앉으며 각자의 생각 속으로 흘러들었다. 그러다 누군가가 떠올린 듯 말했다.

"맞아요. 춤이 시작되면, 공기가 바뀌는 걸 느껴요."

"그곳은, 새롭게 누군가의 자리가 될지도 모르겠어요."

후는 단원들의 눈빛을 담고, 확신에 찬 목소리를 꺼냈다.

"아무도 없는 거리도, 우리 움직임을 기억할 수 있을까.

공간은 말하지 않지만, 언제나 우리의 결을 따라 숨 쉬고 있었어요."

결연함을 담은 단장의 말이 이어졌다.

"공간을 읽고, 공간 속에 움직임을 새겨야 합니다. 흐름을 놓치면, 춤은 껍질만 남게 돼."

후는 팔을 뻗어 바닥을 가리켰다.

"이곳에서도 춤을 출 수 있어요. 무대가 없어도, 빛이 바뀌어도, 춤은 우리 몸을 따라 살아나요."

후는 단원들의 눈빛을 바라보며 되새겼다. 이 춤은 누구를 위한 것도, 무엇을 보여주기 위한 것도 아니다. 오로지 사라지는 공간을 몸으로 기억하는 방식이다. 말이 닿지 않는 자리에, 움직임은 분명 흔적을 남긴다. 공간 속에서 살아가는 방식이라면—우리는 그 흐름 속으로 몸을 맡겨야 한다.

더는 말하지 않았지만, 그들 속에서 움직임은 이미 시작되고 있었다. 누군가 팔을 들었고, 다른 이가 발끝을 밀었다. 조명이 꺼지고, 음악은 침묵했지만—몸은 기억을 따라 흐르며, 침묵 속에 리듬을 새기고 있었다.

비행기는 구름을 부드럽게 가르며 나아갔다. 고도는 분명했지만, 마음은 여전히 안개의 미로 속 질문을 맴돌았다.

후는 창가에 앉아 손끝으로 유리를 천천히 문질렀다. 하늘은 열려 있었지만, 닫힌 문들 사이에서 그녀는 기억의 문을 두드리고 있었다.

"이 길, 진짜 괜찮은 걸까."

단원의 목소리는 낮았고, 불안은 그 아래 숨어 있었다.

"그곳은 폐허일지도 몰라. 더 이상 누군가가 살아가고 있지 않을 수도…"

뒷자리에서 촬영 담당 단원이 말끝을 흐리자, 다른 무용수가 걱정스레 되물었다.

"폐허에서 춤을 춘다고… 공간이 반응할까? 정말, 세상이 달라질 수 있을까?"

모두가 품고 있던 질문이었다. 그러나 누구도 선뜻 입을 열지 못했다. 후는 그녀의 불안이 자신 안에도 퍼지고 있음을 느꼈다. 그렇지만 그 불안은 움직임으로 바꿀 수 있는 감각이었다. 그녀는 그 말들을 조용히 받아들이고, 천천히 입을 열었다.

"음악 대신 바람이 있었고, 와이파이 대신 돌의 숨결이 남아 있었어요. 우리는 가장 오래된 리듬—바닥의 떨림과 공기의 흐름을 따르기로 했죠."

그녀의 말은 침묵 속에서 더욱 선명하게 울렸다. 단원들은 조용히 고개를 끄덕였다. 말은 멎었지만, 숨결 아래에서 움직임은 이미 시작되고 있었다.

무용단은 곧 바렐시아에 도착했다. 곡선의 흐름으로 빚어진 붉은 도시. 착륙의 진동은 짧았지만, 후의 몸엔 그 여운이 오래 남았다.

창밖으로 세르노스 공항의 이정표가 흐릿하게 지나갔다. 관제탑은 바람에 살짝 기울었고, 활주로엔 먼지와 말라붙은 잡풀이 엉겨 붙어 있었다. 후는 이마를 창에 기대고 숨을 들이쉬었다. 공기는 오랫동안 움직임을 기다려온 듯, 숨죽이며 긴장하고 있었다. 그녀는 창밖을 바라보았다. 폐허는 끝이 아니었다. 그것은 기억이 깨어나는 자리, 움직임이 다시 시작되는 곳이었다.

세르노스 공항은 오래된 숨결을 품은 채, 다음 움직임을 기다리는 풍경 같았다. 도시는 아직 잠들어 있었지만, 누군가의 발걸음을 기다리고 있었다. 그늘진 표지판엔 'BALELSIA - DEPARTURES'라는 문자가 희미하게 남았고, 관제탑은 말이 없었다.

공기는 오래된 숨결이 빠져나간 자리처럼 가벼웠다. 비행기가 멈추고 문이 열렸을 때, 바람은 후의 등줄기를 따라 기억을 더듬듯 지나갔다. 이곳은 흔적이 잠든 땅이었다.

차는 공항에서 곡선을 따라 도시 안쪽으로 이동했다. 붉은 석재 건물, 말라붙은 수로, 부서진 가로등—숨죽인 구조들이 그녀를 지나쳤다. 곡선의 결은 잊힌 시간처럼 차량 옆을 따라 조용히 미끄러졌다.

후는 짧게 숨을 들이켰다. 길은 거칠었고, 언덕을 따라 유려하게 휘어졌다. 광장에 가까워질수록 풍경은 더 고요해졌다. 그녀의 눈에는 이 모든 것들이 숨을 고르며 깨어날 준비를 하는 것처럼 보였다. 도시는 아직 입을 열지 않았고, 그녀의 발끝을 기다리는 중이었다.

차가 서서히 멈추고 문이 열렸다. 바람은 건조한 흙냄새를 품고 차 안으로 스며들었다. 무용단은 천천히 광장으로 걸어갔다.

바닥은 갈라져 있었고, 깨진 콘크리트 틈 사이로 먼지가 피어올랐다. 한때 가게였던 자리엔 녹슨 철문이 기울어 있었고, 광장 중앙의 분수는 숨을 잃은 듯 말라 있었다.

멀리서 인기척이 들렸다. 낡은 옷자락이 잿빛 파편을 밀며 스쳤고, 한 노인이 말없이 그들을 바라보았다. 그의 눈빛엔 잊힌 시간의 그림자가 어른거렸다.

한차례 바람이 거칠게 불어오다 잠잠해졌다. 흙먼지 냄새가 코끝을 스쳤다. 공기 중엔 말 없는 무게가 내려앉았다.

후는 발끝으로 바닥의 결을 더듬었다. 움직임은 아직 시작되지 않았지만, 공기는 그녀의 숨을 기다리며 팽팽히 조여왔다.

그녀가 조심스럽게 발을 내디뎠다. 신발 밑창이 돌 조각을 지나며 흙먼지가 살짝 일었다. 단원들도 말없이 그녀를 따라 걸었다. 발끝으로 흙의 온도를 가늠했고, 어깨 너머로 스치는 기척에 귀를 기울였다. 몸이 굳고 숨소리조차 무거워졌다. 마치 이곳이 존재를 시험하는 무대라도 되는 듯, 모든 감각이 바짝 곤두섰다.

한 단원이 가만히 팔을 들었고, 다른 이는 바닥을 바라보았다. 소리 없는 예열이 몸의 떨림을 따라 퍼졌다.

그때, 후는 누군가의 강한 눈길을 느꼈다. 어깨가 굽은 남자가 벽에 기대앉아 있었고, 그의 눈빛은 후의 시선을 단단히 붙들었다. 마치 오랜 기다림 끝에 마주한 무언가를 주시하는 표정이었다.

그의 주변에도 사람들이 있었다. 그들은 잔해 속에 웅크린 채 말이 없었고, 멈춘 눈빛엔 습관처럼 밴 경계와 기다림이 옅게 스며 있었다.

"우리가 여기 서 있기만 해도, 공간이 달라지는 것 같지 않아?"

가장 나이 많은 무용수가 단원들에게 큰 소리로 말했다. 후는 고개를 끄덕이며 호응했다.

"기억은 이 바닥 위에서, 다시 살아 숨 쉬는 살결이 될 거야."

한 무용수가 발을 들었다가 놓으며 웃음기 어린 숨을 터뜨렸다.

"이 바닥… 누군가의 발길을 오래 기다려온 것 같은데?"

무용단이 광장의 중심에 말없이 섰다. 후의 흉곽이 부풀며, 팔이 느릿하게 공기를 들어 올렸다. 바람은 그녀의 움직임을 따라 은근히 흔들렸다.

그녀의 신호에 단원들은 숨을 고르고 자세를 가다듬었다. 어떤 이는 두 팔로 공기를 가르며, 또 어떤 이는 척추를 길게 뻗었다.

발끝이 바닥을 스치는 순간, 마른 흙먼지가 살짝 들썩이다가 이내 가라앉았다. 그 동작에 광장의 공기가 미세하게 떨렸고, 멈춰 있던 리듬이 숨결처럼 흔들렸다. 공기 속에선 오래 잠들어 있다 서서히 몸을 일으키는 기척이 감돌았다.

후는 숨을 고르며 발바닥으로 바닥을 밀었다. 그녀의 몸짓은 단단한 정적을 깨뜨리는 문장이었고, 움직임은 닫힌 공간의 문을 여는 첫 숨 같았다.

그 순간, 광장은 숨을 멈춘 듯 고요했고, 침묵은 그녀의 동작에 귀를 기울였다. 단원들의 시선과 호흡이 그녀를 따라 흐르기 시작했고, 공간은 그 리듬에 맞춰 천천히 숨을 쉬었다.

무대도 음악도 없었지만, 그들의 몸은 리듬을 기억하고 있었다. 후는 생각했다. 이곳은 폐허가 아니다. 기억이 몸을 빌려 다시 숨 쉬는 자리다.

무너진 벽 너머, 아이 하나가 망설이듯 움직였다. 후의 몸짓은 아이의 시선을 붙잡았고, 단원들의 호흡은 주민들의 숨과 엮였다. 춤은 몸과 눈 사이를 스미듯 흐르며, 조용히 이어졌다.

처음엔 손끝이 공기를 건드렸고, 이어 발이 바닥에 조심스레 인사를 건넸다. 그 작은 움직임에 공기가 잔잔히 떨렸고, 정적은 마치 오래 기다려온 문장을 만나듯, 서서히 풀려나갔다.

후는 숨을 들이쉬고 몸을 가로질렀다. 공간은 그녀의 움직임을 따라 숨결을 되찾았다. 빛과 먼지, 침묵 속에서 시간이 잠깐 흔들렸다. 그 흔들림은, 잊힌 언어의 서문처럼 피어 올랐다.

한동안 고요하던 잔해 사이에서 작은 움직임이 감지됐다. 낡은 옷을 입은 소년이 조금씩 몸을 움직였다. 그의 눈은 멈춰있었지만, 손끝엔 기억이 깨어나는 듯 작은 울림이 일었다.

후의 눈은 그걸 놓치지 않았다. 그녀는 긴장 속에서 숨을 모았다. 그때, 멀리서 주민들의 낮은 속삭임이 들려왔다.

“여기서 춤을 출 수 있을까?”

후는 그 말에 가볍게 흔들렸고, 마음을 다잡듯 신중해졌다. 하지만 그녀는 알고 있었다. 춤은 늘 말이 닿지 않는 곳에서 시작되었다. 공간은 여전히 그녀를 기다리고 있었다. 가장 어린 아이가 조심스레 발을 내밀었다. 그저 한 걸음이었지만, 그 작은 동작이 정적의 껍질을 살짝 갈랐다. 후는 시선을 거두지 못했다. 그 발끝은 마치 오래된 노래의 첫 음절처럼, 조심스럽게 공기를 울렸다. 말보다 먼저 도착한 감각의 서문. 침묵은 그 한 줄을 오래 기다려온 듯, 잔잔히 풀렸다.

후의 몸이 다시 공기 속을 가로질렀다. 손끝은 흐름을 따라 유려하게 그려졌고, 빛과 먼지, 고요 속에 잠들어 있던 시간이 기지개를 켰다. 그것은 언어보다 깊은 흔적이었고, 침묵보다 오래된 울림이었다.

단원들도 조용히 호흡을 맞췄다. 팔은 천천히 곡선을 그렸고, 지나간 손끝에서 공기가 가볍게 떨렸다. 움직임은 서로를 따라 이어졌고, 발끝은 바닥에 찰나의 흔적을 새겼다.

아이가 다시 조금씩 발걸음을 옮겼다. 엄마 손을 잡은 채로 몸을 따라 움직였다. 춤이라 하기엔 서툰 몸짓이었지만, 오래된 기억의 첫 박자처럼 조심스럽게 공간을 울렸다. 그럼에도 광장은 여전히 말 없는 결 속에 잠겨 있었다. 사람들의 표정은 각기 달랐지만, 그 시선엔 같은 떨림이 스며들고 있었다. 두 남자가 팔짱을 끼고 의심스러운 눈길을 보냈다.

“춤이 우리에게 어떤 의미가 있지?”

“우린 집도, 아이들도 잃었어. 춤이 그걸 되돌릴 수 있을까?”

후는 그 말에 다시 멈칫했다. 상실 앞에서의 춤은 언제나 가장 조심스러운 시작이었다. 되돌릴 수는 없지만, 잊힌 시간의 결을 더듬는 일. 어쩌면 그들 역시, 몸 깊은 곳에서 반사적인 움직임이 일고 있었는지도 모른다.

그때, 아까 봤던 노인이 천천히 사람들 사이로 걸어갔다. 고개를 돌리지 않고 흙과 바람을 닮은 목소리로 말했다.

"움직임이 남아 있다면, 끝난 게 아니야."

그 말은 먼지처럼 흩어져, 몸의 중심을 흔들었다. 눈을 감은 이의 속눈썹이 떨렸고, 가슴 위에 얹은 손이 조금씩 흔들렸다.

춤은 혼자서 완성되지 않았다. 시선이 몸을 깨우고, 동의가 결을 이어갔다. 그 흐름은 사람들 사이로 스며들고 있었다. 광장은 여전히 잠들어 있었지만, 공기는 차츰 다른 리듬을 품기 시작했다.

후는 다시 숨을 가득 품었다. 공간이 그녀를 받아들이기 시작했다는 걸 느낄 수 있었다. 팔을 들어 올리자, 빛이 손끝에서 은은하게 떨렸다. 발끝이 닿을 때마다, 돌틈의 숨이 리듬처럼 스며들었다.

무용수들이 발을 내디딜 때 바람은 돌 사이로 퍼졌고, 팔을 펼칠 때 광장의 빛이 따라 움직였다. 춤은 정적을 걷어내며 공간을 다시 일으켰다. 몸은 기억을 비추고, 잊힌 시간을 조용히 더듬었다.

비어 있던 곳에서 움직임이 공간을 다시 숨 쉬게 했다. 침묵은 멈춤이 아니라, 다음 결을 준비하는 숨의 틈이었다. 그 몸짓은 공간의 기억을 깨우는 첫 기척이었다. 후는 호흡을 조절하며 그 흐름에 몸을 실었다. 무용수들의 발끝이 방향을 틀었다.

그때였다. 잔해 속에 웅크려 있던 남자가 슬며시 손을 움직였다. 그의 손이 무릎 위를 스쳤고, 팔이 곡선을 그렸다.

이제 정적은 더 이상 같은 결을 품고 있지 않았다. 그 움직임은 공간에 새겨진 첫 숨결이었다. 몸짓만이 아닌, 기억이 깨어나는 시작이었다.

광장의 공기가 변하고 있었다. 조용히 멈춰있던 사람들의 숨이 서서히 돌아왔다. 고요하던 눈빛이 흔들리며, 손끝이 빛살처럼 스쳤다. 그것은 춤이라기보다, 잃어버린 호흡을 되찾는 몸짓에 가까웠다.

후는 머뭇거리지 않았다. 그 떨림 속에서 몸을 더 크게 펼쳤다. 공기는 응축되었고, 빛은 잔잔하게 떨며 그녀의 궤적을 따라 움직였다. 그녀의 몸은 공기를 누르며, 잊힌 문장을 되살렸다. 발끝은 단단히 돌을 밀었고, 팔의 선율은 오래된 시간의 틈을 따라 흘렀다. 그것은 사라진 시간을 깨우는 몸의 언어였고, 잊힌 기억을 되살리는 하나의 의식이었다.

멀리서 지축을 울리는 충격음이 들렸다. 낙뢰 같은 울림이 무너진 벽을 흔들며, 새로운 틈을 만들어냈다. 바람은 한 방향으로 급격히 휘몰아쳤고, 광장은 숨을 삼킨 채, 떨리고 있었다. 그러나 그 소리는 주민들에게 더 이상 낯설지 않았다. 이곳의 공기엔 늘 금이 간 소리가 배어 있었다.

후는 숨을 깊게 들이쉬었다. 팽팽한 공기 속에서 그녀의 움직임은 거칠게 시작되어 섬세하게 마무리됐다.

단원들의 몸도 더 강하게 흔들렸다. 바람과 함께 춤은 예기치 않은 결로 터져나갔다. 정적인 리듬은 빠르게 요동쳤고, 바람은 춤의 흔적을 따라 그들 사이로 흘렀다. 바닥의 먼지가 흩날렸고, 광장은 곧 터질 듯, 숨을 움켜쥐고 있었다. 이제 광장은 멈춘 벽이 아니라, 움직이는 심장처럼 고동치고 있었다.

골목에서 아이들의 발끝이 힘차게 바닥을 밀어 올렸다. 처음엔 미약했지만, 팔과 몸이 물결처럼 일렁이자, 그 리듬은 주변으로 퍼져나갔다. 그들의 움직임은 파동처럼 확산되었고, 광장은 맥박처럼 울렸다.

지켜보던 어른들 사이에서도 떨림이 일었다.

춤의 울림이 퍼지고 있을 때, 한 아이가 갑자기 무용수들 사이로 뛰어들었다. 그 누구도 그를 막지 못했다. 아이의 발걸음은 놀라울 정도로 주저함이 없었고, 작은 팔이 힘 있게 흔들렸다. 놀람은 곧 경외로 번졌고, 그의 몸짓은 모두의 기억을 흔들었다.

후는 몸을 낮추며 아이의 시선을 받아들였다. 발끝으로 바닥을 두드리자, 그는 망설임 없이 팔을 펼쳤고 후를 따라 바닥을 콩콩 두드렸다. 그의 몸은 본능처럼 기억을 따라 움직이고 있었다.

공기가 잔잔한 떨림을 일으켰다. 아이의 리듬은 잊힌 언어의 서문이 되었다. 마치 몸이 공간을 먼저 인식한 듯, 그는 흐름을 만들어냈다. 무용수들은 그 결을 따라 움직였고, 움직임과 호흡이 엮여 하나의 유기체처럼 흘렀다.

아이의 동작은 점점 더 넓게 퍼졌다. 사람들은 그 모습을 멈춘 채 바라보다가 하나둘, 몸을 흔들기 시작했다. 누군가는 손을 올렸고, 다른 이는 발끝을 움직였다. 정적은 깨졌고, 광장은 다시 살아나고 있었다. 물결처럼 진동하며 생명처럼 숨 쉬었다. 그것은 단순한 동작이 아니었다. 폐허가 다시 살아나는 첫 호흡이었다.

작은 손뼉이 울렸다. 맑은소리는 깊은 울림으로 번져갔다. 다른 사람도 손을 올렸고, 박수와 발끝의 결이 서로를 따라 퍼졌다. 광장은 숨을 바꾸었다. 먼지가 일어 빛 속으로 흘렀다.

후는 잠시 발을 멈추고 광장을 바라보았다. 침묵은 이미 몸짓으로 바뀌어 있었다. 그들의 움직임은 기억을 따라 이어졌고, 침묵은 몸의 언어로 공간에 새겨졌다.

박수는 리듬이 되었고, 리듬은 퍼져나갔다. 먼지와 빛, 숨결과 기억이 하나의 흐름으로 엮이며 광장은 다시 깨어났다.

이제 광장은, 모두의 몸이 모여 만들어낸 하나의 춤이 되고 있었다. 아이들이 달리기 시작했고, 누군가는 발을 구르며 웃음을 터뜨렸다. 비어 있던 공간은 움직임으로 가득 찼고, 사람들은 그 흐름 속에 머물렀다.

말이 멈춘 자리에서, 몸이 응답했다. 후는 말하지 않았다. 그녀의 몸이, 그 모든 것을 말하고 있었다.

춤은 멈췄지만, 그 여운은 공간을 떠나지 않았다. 후와 단원들은 군중 속으로 조용히 스며들었다. 기억은 몸의 흐름을 타고 퍼져나갔다. 단원들의 숨결은 점차 가라앉았고, 마지막 동작은 여백 위에 닿았다. 발끝이 스친 자리엔 먼지가 일며 공기는 잔잔한 진동으로 반응했다.

광장의 침묵은 멈춤이 아니라, 울림 뒤에 남은 숨결의 흔적이었다. 어둠에 잠겨 있던 사람들의 눈에 빛이 스며들었다. 누군가 조용히 손을 들었고, 또 다른 이는 말없이 박수를 보냈다. 그리고 한 사람이 자신도 모르게, 그 흐름 속으로 발을 옮겼다.

그날 밤, 폐허 속에서 펼쳐진 춤은 화면을 타고 전 세계로 번져갔다. 그건 공연 그 이상의 것이었다. 움직임은 기억의 생명력이었고, 공간을 새롭게 짜는 문장이었다.

'이곳에서 다시 움직임이 시작되었다.' 누군가 그렇게 적었고, 뒤이어 한 바렐시아 시인의 「광장의 기억」이란 글이 퍼지기 시작했다.

오래도록 나는 침묵 속에 있었다
누군가 내 벽을 지나갔고, 바닥을 흔들었다
그들은 말 없이 움직였지만, 나는 느낄 수 있었다
그들의 발끝이 내 시간을 깨우고 있다는 걸

먼지가 피어올랐고, 공기는 미세하게 떨렸다
그 떨림을, 나는 오래도록 잊은 채 기다려 왔다
춤은 내가 기억하던 리듬과는 달랐지만—
그 흐름 속에서 나는 나를 다시 되찾았다

나는 여전히 살아 있었고,
누군가의 움직임 속에서, 다시 태어나고 있었다

후는 화면 속 자막을 따라 흘러가는 시를 가만히 바라보았다. 그녀는 숨을 들이쉬며, 그 문장이 자신의 몸속에서 되살아나는 걸 느꼈다. 그건 움직임이 남긴, 말보다 오래된 숨의 결이었다. 공간은 침묵했지만, 결은 그 안에 머물렀다. 그리고 그 기억은, 다시 사람을 일으켜 세웠다.

"움직인 건 내가 아니라… 그들이 내 안의 떨림을 깨운 거야."

후는 혼잣말을 흘리며 잠시 그 울림에 머물렀다. 숨결 속에 공간의 언어가 고요히 스며들었다.

무용단을 태운 차가 도로 위를 미끄러지듯 달렸다.

후는 창밖을 바라보았다. 광장은 멀어졌지만, 그 여운은 여전히 그녀의 몸에 남아 있었다. 다음 장소도, 그 진동을 기다리고 있을지 모른다.

창을 열자, 바람이 가볍게 후의 얼굴을 스쳤다. 처음 이곳에 도착했을 때도 바람은 있었지만, 지금 불어오는 기류는 달랐다. 그녀의 몸엔 아직도 공간의 숨결이 배어 있었다. 아무런 말도 없었지만, 단원들 모두 같은 감각을 품고 있었다. 발끝에 남아 있던 먼지, 손끝을 따라 흐르던 기운. 그들이 떠난 자리엔 춤의 흔적이 먼지처럼 떠올랐고, 공간의 결을 따라 퍼져나갔다.

광장은 멀어졌고 춤은 멈췄지만, 흔적은 결이 되어 장소를 다시 숨 쉬게 했다. 움직임은 멈추지 않았다. 다음 기억을 향해, 조용히 몸을 빌려 흐르고 있었다.

며칠 뒤, 후는 초록이 펼쳐진 평원 한가운데 다시 섰다. 미륵사지 석탑은 묵직한 고요 속에서 빛을 품고 있었다. 그곳은 침묵이 아닌, 움직임을 품은 장소였다. 돌은 기억을 간직하고 있었고, 몸은 그 기억을 다시 꺼내는 언어였다. 정적은 멈춤이 아니라, 다음 흐름을 위한 틈이었다. 멈춘 흔적이 아니라, 다시 피어날 숨결을 품고 있었다. 그것은 그녀를 기다리고 있던 시간의 흔적이었다.

언젠가 후는 디와 함께 폐허가 된 궁성 앞에 서 있었다. 그때 그는 말했다.

"공간은 기억을 품고 있어. 눈에 보이지 않지만, 흔적은 사라지지 않아."

이제 그녀는 안다. 디는 구조의 뼈대를 보았고, 후는 그 틀에 숨을 불어넣었다. 그녀는 형태가 아닌 떨림을 좇았고, 춤은 언제나 몸의 결을 따라 숨 쉬었다. 그 동작은 사라진 시간을 다시 불러내는 몸짓이었고, 공간을 깨우는 실천이었다.

완성한 춤을 시작하기 위해 숨을 가득 채운 후는 팔로 공기를 감싸안았다. 기억의 곡선은 시간 위를 그렸다. 백제의 궁중 무용은 우아한 선을 강조했지만, 그녀의 춤은 그 흐름을 현대적으로 재해석한 것이었다.

후는 바렐시아에서 본 수로를 떠올렸다. 곡선을 따라 흐르는 물줄기는 마치 그녀의 춤 동선을 닮은 듯했다. 백제의 궁궐 구조는 움직임을 품은 공간이었다.

손을 펼칠 때마다 그녀는 그 결을 따라 움직였다. 그녀의 몸은 하나의 춤이 아니라, 역사의 결을 더듬는 과정이었다. 몸은 흐름을 기억하며 반응했고, 돌은 그 흔적을 조용히 품고 있었다.

후의 춤은 시간과 공간을 잇는 실이 되었다. 손끝이 공기를 가르자, 바람이 그녀의 리듬에 따라 흔들렸다. 처음엔 망설이다가 점점 퍼져 나가던 움직임. 발을 내디뎠고, 손을 올렸고, 서로에게 이어졌다. 그리고 그것은 하나의 흐름이 되었다.

다시 발끝이 움직였다. 후의 몸이 밀어낸 숨결은 진동이 되어 공간을 가로질렀다. 그녀의 춤은 서서히 장소를 흔들어 깨우고 있었다. 마치 숨겨진 시간 속에서 새로운 움직임이 태어나는 것 같았다.

후는 공기를 단단히 가슴 깊이 끌어당겼다. 그녀는 춤으로 침묵을 통과했고, 그 흔적은 장소의 호흡이 되었다. 움직임이 끝나는 자리에서, 세계는 다시 시작된다. 백제의 기억은 돌에 새겨진 것이 아니라, 움직임 속에서 숨 쉬며 몸을 통해 되살아났다.

돌이 기억을 품고 있다면, 움직임은 그 기억을 다시 깨우는 일이었다. 그 흔적은 발끝에 고스란히 스며 있었다.

후는 회전하며 마지막 동작을 마쳤다. 침묵은 춤의 결을 품은 숨으로 바뀌었다. 그리고 그 숨결은 다음 기억을 향해, 말없이 흘러가고 있었다.

미술관에 들어선 후는 천천히 발걸음을 옮겼다. 정적 속에서 그림들은 말없이 숨을 쉬는 듯했다. 그녀는 로의 작품 '태초' 앞에서 멈춰 섰다.

검은 공간 속에서 빛은 서로를 감싸며 숨결처럼 흔들렸다. 형체는 흐릿했지만, 묘하게도 강한 존재감을 드러냈다. 그 움직임이 이어지자, 후는 그림 속 어둠 안에서 자신이 공간과 함께 떠다니는 듯한 감각에 휩싸였다. 화면을 넘은 진동은 벽과 공기 속으로 번져갔다. 벽은 숨을 쉬는 듯했고, 조명은 그 결에 반응했다.

왕궁터에서 느꼈던 감각이 떠올랐다. 돌을 타고 흐르던 온기, 바람이 품었던 떨림. 그때도 기억은 그녀의 몸 안에서 먼저 반응했다. 이제 그녀는 확신할 수 있었다. 공간은 과거의 흔적이 아니라, 다가올 순간을 품고 있는 무대였다.

후는 무의식적으로 몸을 틀었다. 폐허 속에서 결을 읽던 그녀의 몸은 그림 속 선율을 따라 자연스럽게 움직였다. 누군가가 그녀를 바라보고 있었지만, 그녀는 오직 공간의 호흡에 응답하며 동작을 이어갔다.

몸을 기울이자, 장소는 느릿한 숨을 내쉬었고 후의 움직임은 그 리듬을 받아 되살아났다. 그 순간, 정적이 흐르고 익숙한 기척이 귓가를 스쳤다. 그녀는 살며시 고개를 돌렸다.

"드디어 봤네."

로였다. 벽에 기대어 선 그의 얼굴 위로 조명과 그림자의 떨림이 겹쳐졌다. 그는 후의 움직임을 바라보며, 자신이 그리던 선의 태초를 떠올리고 있었다. 말보다 먼저 공간을 읽던, 몸의 언어를.

"로, 네가 말한 '태초의 흐름'—지금 내 움직임을 따라 다시 깨어나고 있어."

후가 나직이 말하며 그림 속 빛의 방향을 더듬었다. 로도 그녀를 따라 시선을 그림 쪽으로 옮겼다.

"나는 늘 멈춘 순간을 붙잡으려 했어. 그런데 네 춤을 보면 예술은 멈춤이 아니라, 이어지는 생명이었어. 네 춤이 그걸 가르쳐줬어."

로는 그림과 춤 사이에서 신중하게 결을 짚었고, 후는 로의 눈길을 받아들이며 속으로 되뇌었다. '그래, 넌 멈춘 선을 그렸고, 난 그 선을 흐름으로 이어왔지.' 그녀에게 춤은 기억을 불러오는 것이 아니라, 그 안을 살아가는 방식이었다.

후는 담담하면서도 또렷한 어조로 이야기했다.

"난 언제나 움직임 속에서 답을 찾고. 멈춘 장소에서도 흐름을 읽으려 해. 기억은 지나가는 몸의 진동이고, 그 떨림은 다음 공간을 여는 문장이니까."

로는 말없이 고개를 끄덕였다. '나는 늘 네게 다가가려 했지만, 넌 언제나 나보다 먼저 움직였지.' 그 말은 삼키고, 대신 웃으며 말했다.

"그래서 넌 춤추는 거야."

공간은 조용히 리듬을 자아냈고, 그 흐름 속에서 기억은 다시 숨을 쉬었다. 로의 시선은 여전히 후에게 머물렀고, 그림 속 어둠은 결을 품은 채, 아직 말해지지 않은 다음 기억을 고요히 간직하고 있었다.

■「지극함을 위하여」

* 이사도라 던컨 & 세르게이 예세닌 : 20세기 초 무용가와 시인으로, 예술 장르의 지속성과 사라짐을 두고 논쟁을 벌였던 연인이자 예술적 상징. 던컨은 자유로운 몸의 움직임을 통해 감각의 진실을 추구했고, 예세닌은 언어의 기록성을 통해 감정을 남기려 했다. 작중에서 후와 디가 예술의 본질을 묻는 장면에서 언급된다.
* 고갱의 「황색의 그리스도」(Le Christ jaune) : 폴 고갱이 1889년 브르타뉴에서 그린 작품. 그리스도의 형상을 노란색으로 표현하며, 자신을 그리스도 앞에 배치함으로써 예술가로서의 구원자적 자의식을 드러낸다. 작중에서는 예술가가 감동을 창조하는 존재인지, 책임을 감내해야 하는 존재인지에 대한 윤리적 질문을 던지는 장면에 등장한다.

* 잔 에뷔테른(Jeanne Hébuterne) : 모딜리아니의 연인이자 예술가. 모딜리아니의 죽음 직후 스스로 생을 마감해 예술가의 고독과 감정의 무게를 상징한다. 그녀의 긴 목과 얼굴은 슬픔의 형상으로 해석되며, 작중에서는 후와의 감정적 유사성을 암시하며 로의 내면을 흔든다.

■ 「사라지는 것들의 울림」

* 신코페이션(Syncopation) : 음악 이론에서 신코페이션은 박자의 규칙적인 흐름을 일부러 어긋나게 하여 긴장과 여운을 만들어내는 기법이다. 이는 청자의 예상을 벗어나는 순간을 통해 감각을 일깨우고, 리듬의 구조를 새롭게 인식하게 한다. 작품에서는 이 개념이 단순한 음악적 장치가 아닌, 기억과 감정의 구조를 설명하는 은유로 사용된다. 감정이 예상대로 흐르지 않고 어긋나는 순간에 오히려 더 깊은 울림이 발생한다는 인식은, 예술이 감정을 다루는 방식에 대한 사유로 이어진다.
* 모차르트 피아노소나타 K.333 : 이 곡은 모차르트의 후기 소나타 중 하나로, 밝고 유려한 선율 속에 절제된 긴장과 구조적 정교함이 공

존한다. 특히 1악장에서 나타나는 신코페이션의 활용은, 기교를 넘어 감정의 흐름을 이성적으로 조율하는 방식으로 작동한다. 작품에서는 이 곡이 제이의 내면을 비추는 음악적 배경으로 등장하며, 감정을 억제하거나 지우는 것이 아니라, 구조 속에서 감정을 재배열하는 예술적 태도를 상징한다.

■ 「벽을 넘어서」

* 롭 곤잘레스의 그림 : 'High Park Pickets'을 소설에서 '완전한 슬픔'으로 해석한다. 그림 속의 정지된 평화는 오히려 극단의 위태로움을 가장한 침묵이며, 디는 그 침묵 속에서 자신의 기억과 감정을 꺼내는 통로를 발견한다. 이 해석은 실존 작가 Rob Gonsalves의 화풍—정교한 구도, 시각적 착시, 공포 없는 초현실적 회화와 소설 속 인물들의 내면 구조가 교차하는 지점에서 탄생한 창작적 재구성이다. 지극함을 추구하면서도 슬픔을 완벽하게 감추고 있는 세 인물의 내면 구조를 시각적으로 드러내는 장치로 작동한다.
* 지구를 귤 하나 크기의 아름다움으로 어루만지는 것 : 디의 시구로, 존재의 섬세함과 감정의 밀도를 압축한 비유다. 작중에서 후가 귤을

먹는 행위가 '오늘'이라는 감정의 완성으로 이어진다.

■ 「오차의 방향」

* 오차의 방향 : 로가 길을 잘못 들었지만, 그 오차를 지나며 새로운 길이 생겨난다는 인식은, 존재의 실수와 선택이 결국 삶의 일부라는 철학으로 이어진다. 이 오차는 단지 경로의 오류가 아니라, 감정과 인식이 흔들리는 순간에 생겨나는 리듬이다. 작품은 오차를 통해 삶이 예측 불가능한 흐름 속에서 짓는 방향성을 탐색하며, 실수조차 창조의 일부로 받아들인다.

* 뫎 : 박상륭의 『죽음의 한 연구』에서 인용된 개념으로, 몸 · 말 · 마음의 통합적 구조를 뜻한다. 우주의 본질을 구성하는 세 축으로, 작중에서는 인간 존재의 균열과 감정의 분열을 설명하는 철학적 장치로 등장한다. 감정과 언어, 신체 사이의 단절을 사유하게 만들어 존재의 방향성과 감정의 구조를 다시 묻는다.

▪「흔들림의 도면」

* 담연리 : 연작의 주요 배경으로 등장하는 가상의 마을. '담(淡)'은 흐름과 고요, '연(然)'은 자연스러움과 존재의 상태를 암시한다. 담연리는 흔들림이 감각으로 스며드는 공간, 말보다 먼저 움직이는 결이 태어나는 자리로 설정된다. 디의 집, 장터, 들판, 사랑방 등 주요 장면들이 이곳에서 펼쳐지며, 시간과 기억, 선택과 존재가 겹쳐지는 철학적 무대로 작동한다.
* 부재와 흔적 사이 : 디의 시로 존재와 시간, 기억과 흐름 사이의 틈을 짚어내기 위한 표현. 이 개념은 단절이나 상실이 아니라, 지금을 살아내는 리듬으로 재해석해 흔적이 아닌 흐름을 따라 살아가는 방식을 제시한다.

▪「끝에서 시작으로」

* 바렐시아(Balelsia) : '남방의 곡선 왕국'이라 불리는 가상의 도시. 도시 전체가 춤을 부르는, 시각적 질서가 아닌 감각적 흐름의 구조로

설계되어 있다. 연작 전체에서 바렐시아는 디의 구조적 시선과 후의 감각적 움직임이 교차하는 지점으로, 기억과 흔들림, 예술과 존재가 겹쳐지는 무대다.

* 하레무르(Haremur) 무용 : 바렐시아 왕궁에서 열리던 의례적 춤으로, 사비성에서 전해진 백제 궁중무용의 기억을 품고 있다. 후의 춤은 이 흐름을 현대적으로 재해석하며, 몸을 통해 시간과 공간을 연결하는 리듬으로 설명된다.

지극함으로 향하는 예술가들의 초상

이희원_문학평론가

1. 예술가 혹은 동시대인

전미홍의 연작소설집 『지극함을 위하여: 끝에서 시작으로』는 예술가 '후', '로', '디', 이 세 명의 이야기이다. 예술가들을 주요 인물로 설정해 작가가 어떤 이야기를 하려 하는지는 첫 번째 작품 「지극함을 위하여」의 첫 대목에서 무용가 '후'가 추는 춤에서 드러난다. '후'의 멈춤과 지속으로 이어지는 압도적 무대에 대한 묘사는, 글이라는 해상도 낮은 예술 도구가 가질 수 있는 표현과 공백으로 조합된 조화의 최대치를 보여주며 독자로 하여금 '후'의 몸짓에 대해 마음껏 상상의 나래를 펼칠 수 있게 한다. 통상의 무용에서 보이는 동작의 평범한 이어짐을 부정하고 파격의 흐름을 만들어내는 '후'의 무대는 '후' 스스로에게는 물론 '로'와 '디'를 포함한 관객에게 기계적 반복으로 점철된 일상의 흐름을 깨고 내면과 조우하는 순간을 만들어낸다. 이 새로운 흐름은 '후'라는 예술가가 지향하는 아방가르드의 가치와, 그것을 무대에 관철하기까지 쏟은 노력, 그리고 한국 사회에서 무용가로 살면서 맞닥뜨린 현실 문제에 대한 고뇌가 어우러져 승화한 결과이며, 이 예술가의 세계가 사람들에게 가닿을 수 있는 가능성의 증거로 존재한다.

이 압도적인 첫 장면을 통해 전미홍은 작품집 제목처럼 '지극함'으로 가득해서 그 어떤 틀에도 구애되지 않는 예술세계에 대한 집요한 탐구를 선언하고 있다. 사실상 작품집의 전부를 응축해 활짝 열어젖히는 이 시작은 마치 불교에서 깨달음에 이르는 '돈오(頓悟)'의 경지와 비슷한 무게감을 가지며 독자에게 죽비처럼 내려꽂힌다.

이러한 파격 이후 작가는 이 예술/가의 경지에 대해 하나하나 풀어가는 섬세한 서사를 이어나간다. 즉 주요 인물들이 각자의 예술세계를 구축해가는 과정이 어떤 각성과 깨달음의 단계를 거치면서 성숙하는지, 그리고 그러한 마디마다 서로 영향을 주고받으며 구축하고 해체하는 공동체적 감각은 어떤 모습을 하고 있는지 등을 여섯 편의 단편 속에 다양한 시공간의 얽힘으로 형상화하고 있는 것이다. 이는 불교의 또 다른 깨달음의 경지인 '점수(漸修)'의 과정을 떠올리게도 한다. 이 해설은 전미홍이 어떠한 방식으로 이 '돈오'와 '점수'의 과정을 펼쳐내고 있는지에 대한 지도를 그려보는 것에 할애할 생각이다. 이를 위해서 먼저 인물들의 관계를 살펴보자.

'후'는 앞서 말했듯 무용가이다. '로'는 '후'를 남몰래 사랑하고 있는 미술가이며, 그녀의 애인 '디'와는 친밀한 친구 사이다. '디'는 시와 수필을 쓰기에 문필가라 할 수 있고 건축회사에 다니는 회사원이자 명상 수행자이기도 하다. 이 셋은 대학 때부터 알고 지낸 터라 함께 한 시간이 제법 길고, 모두 예술에 몸담고 있는 사람들이니만큼 서로를 잘 이해할 수 있기에 '지음(知音)'이라 할 만하다. 깊은 애정과 우정으로 얽힌 관계를 지으며 서로를 지지해주는 동시에 각자의 예술세계가 갖는 독자성을 존중하는 이들 사이의 느슨한 형태의 공동체적 양상은 작품의 전반에 걸쳐 서사를 이끌어가는 핵심적인 원동력이다.

예술은 통상의 세계에 파문을 던지고 기존의 위계와 질서를 낯설게 할 수 있는 힘을 갖는다는 점에서 치명적이다. 이는 다른 말로 규칙이나 질서로 불리는 고착화 된 가치 체계

자체에 강렬하게 질문하지 않는 예술은 치명적일 수 없고, 치명적이지 않다면 예술이 아님을 의미하기도 한다. 작가는 이 지점에서 예술의 치명성을 형상화하고자 하며, 그것을 예술다운 예술하기를 삶으로 살아내고 있는 예술가들의 이야기를 통해 보여주고 있다. 그런 만큼 작품 속 예술가들이 고심하고 진척시키고자 하는 예술은 바로 이러한 치명성을 추구한다. 「지극함을 위하여」나 「끝에서 시작으로」에 등장하는 '후'의 무용이 그러하고, 「사라지는 것들의 울림」에서 '로'가 압도당하는 전시회의 꽃 그림이나 그가 그리는 태초에 관한 그림이 그러하다. 「오차의 방향」에서 갠지스 강물을 마시면서까지 틀을 깨고자 하는 '디'의 의식과 그 사상 또한 마찬가지다.

예술의 예술다움을 문학이라는 예술로 형상화하고자 하는 이와 같은 작가 의식은 자칫 추상성에 머물 가능성이 높다. 이 위험은 인물들이 자신들의 예술세계에 대해 정진하는 과정이 서로 간에 만들어가는 가장 내밀하면서도 직접적인 관계성에 대한 치열한 고민과 함께 형상화됨으로 해서 해소된다. 그 양상을 살펴보면 다음과 같다.

'로'에게 '후'는 첫눈에 반한, 언제나 가 닿고 싶은 사랑과 욕망의 대상이다. 하지만 윤리와 도덕률에 민감한 '로'에게 친구의 연인을 욕망한다는 것은 있을 수 없는 일이기에, 그는 '후'에 대한 애정을 숨기기에 급급하다. 그러한 그의 마음이 '후'를 그리는 작업으로 이어지는데, 죄책감에 의한 감정의 은폐는 결국 그림의 중단으로 이어진다. 이 과정에서 '디'가 예술적 심미안이나 명상을 바탕으로 하는 깨달음의 경지에서 시종일관 윤리에 갇혀 있던 '로'를 깨어나게 하는 실마리를 준다. '로'는 '후'에 대한 깊은 애정과, 틀에 갇혀서는 진정한 예술을 할 수 없다는 '디'의 견해에 영향입고 흔들리다가 일련의 사건 속에서 자신의 한계를 넘어서게 된다.

'후'는 '디'를 사랑하고, 그와 함께 예술과 예술가에 대해 이야기하는 것이 좋다. 서로는 무심하게 주고받는 대화나 각자 자신의 예술관에 충실한 모습을 나누는 것으로 서로의 예술을 심화시키는 계기가 되어준다. 하지만 그녀는 '디'의 마음 속에 있는 '탄야'에 대한 기억이 자신과 '디' 사이에 거리감을 만들고 있음을 분명히 인식하고 있다. 또한 '로'에게로 향하는 자신의 마음 역시 안다. 이 과정에서 빚어지는 '디'와의 이별과 '로'와의 새로운 관계성은 그녀의 춤이 존재의 근원에 가닿는 깨달음의 계기가 된다.

조숙했던 '디'는 관계에 얽매이는 것에 두려움이 있었고, 어린 시절 잠시 함께 지냈던 외국인 가정부 '탄야'가 몽유병으로 인해 집을 나갔고 그런 그녀를 지키지 못한 경험을 죄책감으로 갖고 있다. '로'의 '후'에 대한 마음이나 '후'가 '로'에 미묘하게 흔들리고 있음도 안다. 이러한 상황에서 '디'가 자신의 마음에 충실할 수 있는 방법은 '후'를 떠나는 것이었다. 하지만 바로 이 이별로 인한 오랜 외유를 통해 한층 비약한 정신세계를 구축하게 된다.

이렇게 세 캐릭터가 추구하는 치명적인 예술의 경지는 서로 연결된 삶에 치열하고 진지하게, 그리고 온 힘을 다해 대면했기에 만들어진다. 서로에게 충만함과 결핍감의 휘몰아침을 나누면서 '후', '디', '로'는 존재에 대한 심화한 깨달음을 얻는다. 그리고 그 순간들을 만끽하면서 배태되는 희로애락과 새로운 의식의 차원을 각자의 예술세계로 드러낸다. 작가는 이러한 과정에 대한 섬세한 형상화를 통해 예술가의 고뇌와 예술하기의 정체에 대해 구체성을 확보해 제시하고 있는 것이다.

조르조 아감벤은 자기 시대의 어둠을 볼 수 있는 사람을 '동시대인'이라고 말한 바 있다. 즉 시대가 의식하지 못하는 어둠과 균열, 결핍을 예리하게 감각하고, 자신이 속한 시대의 규칙과 질서로부터 어긋나 적응하지 못한 채 그 간극을 살아내는 사람들이야말로 비로소 이 시대를 제대로 보고 있는 동시대인이라는 말이다.(조르조 아감벤, 『장치란 무엇인가』, 난장, 2010) 전미홍의 이 예술가들이 예술을 통해 현실에 균열을 내고 존재의 실상을 드러내고자 하는 여정은 섬세하고 예리한 우리 시대 동시대인의 모습 바로 그것이다.

그렇다면 작품 속에서 예술과 일상의 문제가 결합하고 예술과 삶이 일치되는 과정이 가능하도록 하는 실마리를 작가가 어떤 지점에서 포착하고 있는지 개별 작품을 중심으로 좀 더 구체적으로 살펴볼 필요가 있겠다. 이때 중요한 키워드는 '흔적'과 '흐름'이다. 기억이 개개인의 의식 속에 만들어내는 자국으로서의 '흔적'과, 이 흔적에서 비롯하는 모종의 '흐름'이 삶과 예술을 새로운 여정으로 이끈다.

2. 흔적과 흐름의 신코페이션

전미홍은 여섯 편의 연작 소설 형태로 '후', '로', '디', 세 인물의 이야기를 구성하고 있다. 제각각 독립된 작품으로서 완결성을 보이지만, 그보다 더 강력하게 각 작품들은 연결되어 있다. 그 연결성은 과거와 현재를 넘나들면서 제시되는 각 인물들의 정보가 결합하면서 형성된다. 또한 한국 각지와 헝

가리, 인도, 몽골, 나아가 가상의 영역 바렐시아까지 오가며 달성되는 이 예술가의 성장의 마디가 각 작품을 통해 차곡차곡 쌓이면서 심화한다. 인물들은 예술가적 자기 세계를 구현하는 과정에서 성격이나 관계가 입체화되고, 이들이 사용하는 언어의 의미도 중층적으로 변화한다. 그 과정에서 중요한 키워드가 바로 '흔적'과 '흐름'이다.

「지극함을 위하여」의 도입부에서 강렬하게 형상화되는 '후'의 춤은 "흔적보다 흐름에 가까워지고 싶"(14쪽)었던 대학시절 '후'의 예술세계가 반영된 결과이다. 이는 고정되고 틀지어진 흔적이 아닌, 움직이고 변화하는 흐름 속에 존재의 근본이 있다는 생각이다. 이 관점이 '디'에게는 '관계'에 대한 생각 속에서 발견된다. 즉 '디'는 "이미 새겨진 관계의 흔적들"(26쪽) 특히 인간관계라는 흔적 속에서 벗어나고자 하는 의식이 강했다. 그리고 이러한 흔적이 결국 "삶의 근간을 흔드는 사회적 질서 때문"(27쪽)이라고 생각하고 그 틀에 얽매여서는 안된다고 본다. 이때 흔적은 변화할 수 없는 결정적인 과거의 기억이자 그것으로부터 벗어나고 극복해야 할 삶의 과제 또는 사회 제도 등으로 형상화된다. 이처럼 존재하는 것의 의미나 가치를 억압적으로 규정하는 흔적은 예술과 상극의 자리에 놓인다.

반면 흐름은 흔적으로 묶일 수 있는 익숙한 것들이나 고정된 의미, 공동체의 통상적 질서나 규칙을 거부하는 고요한 정신 세계로서, 낯섦의 경지로 현실을 균열 내고자 하는 이 예술가들의 지향점이다. 흔적보다 흐름에 가까워지고자 하는 '후'의 춤은 "남는 건 멋진 동작이 아니라, 멈추지 않는 움직임"(37쪽)이기를 지향하는 것이다.

그렇다고 이 흐름이라는 것이 마냥 흔적이 주는 억압과 반대의 의미만을 담지는 않는다. 왜냐하면 멈추지 않는 움직임으로서의 흐름은 지금 주어진 것들 역시 변화함을 긍정하기 때문이다. 이 작품에서 형상화된 갈등의 핵심은 '후'와 '디'의 이별이다. '후'가 변심한 '디'에게 "네가 흔적을 남겼"기 때문에 이에 충실하라는 요청을 하는 것에 대해 '디'가 '후'를 향해 "내게 항상 같기만을 기대하지 마."(39쪽)라는 말을 남기고 떠나가는 장면은 움직임으로서의 흐름이 갖는 양면적 의미를 드러난다. '후'가 '디'와 '로' 사이에서 고뇌하던 마음을 무대라는 흐름 속에 몸을 실음으로써 극복하려는 마지막 장면은 흔적과 흐름의 심화하는 의미에 대한 '후'의 깨달음을 예비한다. 그리고 그것은 두 번째 작품인 「사라지는 것들의 울림」에서 바로 드러난다.

「사라지는 것들의 울림」에는 '로'의 이야기가 주로 펼쳐진다. 그는 '후'에 대한 자신의 마음을 "욕망이 낳은 회한"(47쪽)으로 무겁게 느끼며 흔적으로서의 '후'의 그림을 지워간다. 그러다 자신을 거울처럼 비추는 피아니스트 '제이'를 만나 감정과 기억을 억압하고 은폐하려 하는 시도가 '후'의 흔적은 물론 존재의 근간인 자신의 예술세계가 흘러야 할 길마저 파괴하고 있음을 깨닫게 된다. 이는 과거의 기억에 고착되어 그 흔적에 묶여버리면 아무 것도 남지 않을 것이라는 의미와 이어지며 "사라지는 것들이야말로, 가장 오래 남는다는 것"(66쪽)을 이해하게 된다. 즉 '후'에 대한 욕망과 회한을 소유하려 하지 말고 그것의 사라짐 앞에 무심할 수 있을 때 그의 삶과 예술 속에서 '후'를 오래도록 흘러가게 할 수 있는 것이다. 이렇게 하여 '로'는 기억으로서의 흔적이 갖는 절대적 존재감을 상대화하고 그것으로부터 자유로워질 수 있는 가능성을 연다.

잊힘이 가장 오래 기억되는 방식이라는 이 모순 속에서 이제 '흔적'과 '흐름'의 관계는 진화한다. 이는 '제이'가 말하는 신코페이션으로 설명할 수 있는 기억 혹은 흔적이다. 신코페이션은 음악 선율의 질서정연한 흐름 속에 엇박자 당김음을 가미하는 기법이다. 당김음은 질서 속의 무질서로서, 당연한 것으로 예측되는 음의 흐름에 작은 파장을 일으키고 이내 사라지지만 그 변화를 통해 생성된 긴장은 전체 선율의 흐름과 색깔을 변화시킨다. 신코페이션 이후로 음률은 달라지는 것이다. '후'가 남긴 흔적을 고착된 것으로 물신화하고 그것에서 벗어나지 못한 채 미술가가 가져야 마땅한 피사체 자체를 잃어가고 있던 '로'였다. 그러나 기억이라는 흔적을 신코페이션의 의미로, 즉 사라짐을 통해 가장 오래 남는 흔적이 되는 쪽으로 그 의미를 심화할 수 있음을 깨닫고 그는 새로운 예술가적 각성에 이른다. 즉 '후'의 흔적이 고정된 의미로 존재를 규정하는 것이 아니라, 사라지고 잊히는 과정에서 다음 시작을 불러들이는 출발점이 된 것이다.

> 붓을 들어올리는 순간, 로는 깨달았다. 지우려는 붓질 속에서도 색은 남고, 사라지는 소리에도 흔적은 남는다. 사라지며 살아남는 것이, 예술의 방식이었다. (중략) 붓끝이 캔버스를 스치자, 선은 물결처럼 흔들렸고, 기억은 조용히 흘러나왔다. 그리고 이제는, 그 흔적인 선명해지기를 원하고 있었다.(75쪽)

사라짐을 통해 흐름에 새로움을 부여하고 바로 그 순간부터 새로운 시작이 될 수 있는 출발점에 대한 각성이 있고 난 이후 '로'는 인용문에서처럼 다시 붓을 들 수 있게 된다. '후'에 대한 기억을 '소유'하던 모습에서 '잊힘'으로 놓아줌으로 해서 '로'는 그녀의 기억을 예술 속에서 재탄생시킨다. 「지극함을 위하여」에서 '디'와의 이별 이후 예비되어 있는 '후'의 예술세계는 아마도 '로'가 '후'의 기억을 화폭에 담는 순간과 유사한 경지일 것이다. 기억이 없다면 사라짐도 없다. 흔적이 있어야 사라짐이 있고, 사라짐에서 연유하는 새로운 시작도 있다.

이 경지는 세 번째 작품 「벽을 넘어서」에서 또 한 번 진화한다. 이 작품은 '후'와 '디'의 이별 이후 '로'가 '디'를 만나 '탄야'에 얽힌 '디'의 기억을 듣는 것으로 시작한다. '디'에게 근원적인 기억의 흔적이 '후'가 아닌 '탄야'라는 사실은 '로'에게 당황스러움을 준다. 이후로 '로'는 '후'를 만나 그녀가 이미 '탄야'에 대해서, 그리고 '탄야'에 대한 '디'의 생각도 알고 있었음을 알게 된다. '후'와 '로'는 '디'와의 이별 장면에 대해 이야기하면서 각자 고착적인 방식으로 소유하고 있던 '디'에 대한 기억을 신코페이션으로서의 기억으로 변화시켜간다. 그러면서 이 둘은 이제 그 어떤 죄책감이나 회한 없이 서로에게 기댄다. '디'에 대한 기억의 한 단면이 이 순간 사라지고 '후'와 '로' 사이에는 새로운 기억을 생성할 수 있는 출발선 앞에 서게 된 것이다.

이런 점에서 '로'가 자신이 그리고 있는 태초에 관한 그림을 '후'에게 설명하면서 기억에 대해서 이야기하는 장면은 중요한 의미를 갖는다. '로'는 신들이 '창조'는 하지만 '기억'은 하지 않는다며, 신화 속에 빠져 있는 것이 기억임을 말한다. 신화에는 기억이 없기에 "사랑도 상실도 폭력도-모두 되풀이"되고 그것을 "멈출 수 없"(105쪽)다는 것이다. 그렇기에 인간이 가진 기억은 인간만이 이루는 창조라고 말할 수 있다는 것이다.

> "기억은… 결국 두 번째 창조야. 잊히지 않는 방식으로 남는 것. 나는 그걸… 그리려는 거고."
>
> 후가 천천히 그에게로 고개를 돌렸다. 이제야, 이해할 수 있었다. 이 그림은 태초를 꿈꾸는 것이 아니었다. 지워지지 않는 '마지막'을 붙잡으려는 시도였다.(107쪽)

이렇게 기억은 다분히 인간만이 할 수 있는 창조의 영역을 추동하는 근본적인 힘이다. 즉 인간이 인간인 것은 기억이라는 흔적이 있기 때문이다. 그러므로 이 기억은 사라지는 신코페이션으로서 흘러가야 하는 것이지만 동시에 새로운 창조를 가져오는 근원으로서 그 자체는 결코 잊혀져서는 안되는 셈이다. 흔적은 분명 사라짐으로써 새로워지지만 흔적이라는 것 자체는 잊혀지지 않아야 한다는 것이다. '로'의 그림 속에서 포착되는 이 흔적과 기억, 흐름에 대한 또 한번의 재규정은 인간의 본성, 존재함의 근거로서의 예술의 의미를 새로운 측면에서 강조한다.

이렇게 진화하는 흔적과 흐름의 의미는 이후의 작품 속에서 더욱 심화하며 예술/가의 면모를 '숭고'의 문제로 도약시킨다.

3. 숭고에 이르는 역설과 반어

인간 존재의 근원으로서의 기억과, 이를 인간의 몫으로 붙잡을 수 있는 예술하기는 필연적으로 인간 본연의 존재 의의에 대한 탐구로 이어진다. 이를 위해서는 더욱 심화한 내면의 이해가 필요하고, 공동체에 대한 성찰이 요청된다. 인간의 합리적 이성이 관장하는 각종 질서나 규칙, 가치 체계의 한계 속에서 포착될 수 없는 근원적인 영역에까지 가닿는 이러한 탐색의 과정은 어쩌면 일상으로부터의 이탈이 필수적

일 수밖에 없다. 평범함의 감각을 훌쩍 뛰어넘는 '숭고함'의 영역은 이러한 맥락에 의해 작품 속에 등장한다. 숭고는 인간이 자연이나 예술에서 느끼는 경외감이나 감탄의 감각으로, 긍정적인 것과 부정적인 것 모두를 포함하는 강렬한 미적 · 정서적 경험이다. 압도적 크기나 이해 불가능한 혼돈, 또는 정형화할 수 없는 모종의 존재 앞에서 상상력의 한계를 감각하는 순간 인간이 그 대상에게 느끼는 '위대함'의 의식이 숭고함인 것이다.(임마누엘 칸트, 백종현 옮김, 『판단력 비판』, 아카넷, 2009) 자신의 한계를 넘어서는, 한계 바깥의 대상 앞에 있을 때 인간은 자신이 가진 한계를 비로소 인식하고 상대화할 수 있게 된다. 전미홍 작가가 앞의 세 작품을 통해 흔적과 흐름에 영향 입는 인간 존재의 한계를 형상화하고서, 「오차의 방향」과 「흔들림의 도면」 이 두 작품을 통해 인물들을 확장된 시공간적 영역에 놓아두고 다양한 정신세계의 수준을 형상화하는 부분에 집중하는 것은 이러한 문제의식과 연동한다.

「오차의 방향」은 '로'가 회사일로 1년간 인도에 가 있었던 '디'와 주고받은 편지 내용, 그리고 그것을 통해 떠오르는 '로'의 상념과 과거 기억 등이 교차하며 진술되는 구성을 취하고 있다. 회사 일로 인도에 갔다고는 하지만 편지 내용의 대부분에서 '디'는 인도라는 나라가 가진 독보적인 자연경관과 명상 철학의 경지에 경탄하고 있다. 그는 티루반나말라이, 아루나찰라산, 스깐다쉬람 등을 돌아보며 그곳 자연의 숭고미에 탄복하고 그러한 환경 속에서 명상하는 고요한 정신세계의 면모를 확인한다. 우파니샤드 철학에 나오는 'You are that'이라는 문장을 통해 개인 자아가 궁극에서는 실재의 근원과 상통한다는 인식에 대해 명상하기도 하고, 목욕하는 순례자와 화장되는 시신이 공존하는 갠지스 강에서 "어떤 장소나 순간에 깊이 몰입하는 것도 신앙과 다르지 않"(123쪽)음을 각성하여 "처음으로 나 자신을 믿게 됐"(123쪽)음을 말하기도 한다. "모든 틀을 깨고 싶"(124쪽)은 마음에 성과 속이 뒤섞인 더러운 갠지스강의 강물을 마시고, 영생을 믿는 남자를 보고 공포 혹은 경외감을 느끼기도 하는데, '디'의 이 모든 인도에서의 경험은 '숭고'의 감각과 만나 자신의 한계를 초월하고자 하는 시도들로 보인다. 소통의 쌍방향성보다는 편지 쓰는 사람의 목소리가 일방적으로 제시되는 편지글 양식은 이처럼 일상적 개념으로부터 한참 떨어져 있는 숭고미를 서술하기에 적절해 보인다.

이처럼 끊임없이 기존에 가지고 있던 자신의 한계로부터 이탈해 자신의 모습을 관조하고자 하는 '디'의 노력은 「지극함을 위하여」에서 관계의 흔적을 족쇄로 여기던 '디'의 의식이 새로운 경험 속에서 재조정되는 기회로 이어진다. '로'는 이러한 '디'의 편지 속에서 '디'가 예전에 자신이 알고 있는 그 '디'가 아님을 인식한다. 그리고 한 술자리에서 술에 취한 '디'가 '로'에게 "근데 너, 넌 날 정말 알기나 해?"(128쪽)라고 외치듯 묻던 장면을 떠올린다. '디'의 이러한 질문은 자신의 경험과 생각에 한정된 채로 세상을 이해할 수밖에 없는 인간 존재의 한계에 대한 각성을 요청한다. 인간인 우리가 타인을 과연 얼마만큼 그 존재 자체에 가까이 다가가서 이해할 수 있을까? 그 한계에 대한 인식과 수용이 없다면 '디'가 말하듯 "관계라는 거대한 거미줄에 갇혀 옴짝달싹 못 하는 벌레 같은"(136쪽) 상태에서 벗어나기 힘들다.

그런 점에서 '로'가 편지를 통해 '디'의 인도 체류 기간에 보여준 낯선 '몲', 즉 이전에는 알지 못했던 '디'의 몸과 말과 마음을 인지하고 "왠지 디를 다시 만나러 가는 길은, 전과는 완전히 다를 것 같았다"(139쪽)라고 생각하는 이 순간은 매우 중요한 인식적 전환을 담고 있다. 이 극단적인 낯섦의 순간을 통해 비로소 '로'는 '디'와 오랜 시간 함께 하면서 이미 알고 있다고 생각했던 '디'를 버리고 새로이 과연 '디'라는 존재가 누구인지 알아가는 첫 시작을 의식할 수 있게 되었기 때문이다. 자신의 틀을 모조리 버리고 전혀 다른 스케일의 정신세계를 지향하는 숭고함의 추구 과정을 몸소 실천한 '디'는 자신을 가두고 있던 관계의 흔적과 함께하면서 동시에 그 흔적을 초월하는 새로운 흐름을 만들어낸 것이 아닐까. 이렇게 두 인물 간에 만들어진 "존재의 거리"(141쪽)는 있는 그대로의 자신으로 살아가는 것이 혹독한 수행 속에서, 그리고 그 수행에 맞먹는 예술의 연마 속에서 가능한 일임을 보여준다.

「흔들림의 도면」은 귀국한 '디'를 만나러 '로'가 찾아가는 것에서 시작한다. '디'는 부모님의 집을 개조해 자신의 공간으로 꾸미는 공사에 한창이다. '디'의 인도행 이후 '디'와 '로'는 각자 또 함께 개별 자아의 한계를 넘어서는 숭고함의 경험을 한 뒤라 그런지 한결 심오하고 초연하다. '디'의 집을 찾아가는 길의 풍경을 보며 '로'는 "마치 한때 놓치고 지나친 것이 마을 어귀에 조용한 흔적으로 새겨진 채, 지금을 기다리고 있다는 감각"(145쪽)을 느낀다. 한편 '디'는 이 집이 "지나온 시간을 숨기지 않"으며 "오히려 다시 시작할 수 있는 자리를 조심스럽게 내어주는 것 같"(149쪽)은 기운을 느낀다고 말한다. 이처럼 먼 곳을 돌고 돌아 성숙한 이들은 자신들이 서 있는 곳에서 발견되는 흔적이나 기억들과 조화롭게 공존할 수 있는 앎의 품을 갖게 되었다. 이들이 나누는 대화는 이제 흔적과 기억, 윤리, 흐름과 움직임 등에서 벗어나, '시간' 자체에 대한 이야기로 확장된다.

공간은 단순한 풍경이 아닌 "숨결을 품은 시간"(149쪽)이며, 시간은 숫자로 셈할 수 있는 흐름이 아니라 세계 전체를 아우르며 "말 없이 스며"(158쪽)드는 거대한 틀이다. 이들은 인간을 초월해 있기에 인간 의식으로는 그저 흘러가는 것이라고밖에 표시할 수 없는 시간, 그리고 그 시간의 숨결을 품고 있는 공간의 압도적 숭고함을 알아볼 수 있게 되었다. 이러한 숭고함 앞에서 흔적으로서의 기억이 멈추든 흐르든 그것은 그리 중요하지 않다. 이 속에서 하나의 점과 같은 인간으로서 자신을 자각하는 '디'와 '로'는 현실 앞에서 초연할 수밖에 없다. 이 거대함 속에서 자신을 한없이 낯설게 바라보면서 이들은 존재함에 대해 규정하는 그 어떤 조건도 자격도 한계도 규칙도 의미의 바깥에 둘 수 있는 경지를 감각하고, 한정된 '뫎'을 초월한다. 그리고 이 초월의 의식이 있기에 세상의 결을 다시 짤 수 있게 되는 것이다.

이렇게 전미홍은 흔적과 흐름의 의미가 진화하고 도약하는 과정을 연작 구성이라는 연결되어 있지만 독립되어 있기도 한 이야기 뭉치를 통해 섬세하고 성실하게 추적한다. 하루하루를 살아가는 우리 인간들의 삶은 많은 부분 원하지 않는 경험과 관계 속에서 영향입고 억압되며 고통당한다. 한줄기 빛처럼 조우하게 되는 행복의 순간도 변덕스럽기 그지없다. 그럼에도 내가 지향하는 가치를 밀고 가며 사람들에게 기존의 틀을 깰 것을 요청하는 아방가르드가 예술이다. 때문에 예술은 현실에서 기인하면서 동시에 현실로부터 성공적으로 괴리되지 않으면 안된다. 이 지난한 희열을 추구하는 예술가들의 길은 인간의 몸으로 숭고함을 지향할 수밖에 없다. '로'와 '디'가 헤쳐온 길은 이런 점에서 숭고와 닿아 있다.

그렇다면 이들의 경지가 예술로 구현된 양상은 구체적으로 어떻게 상상할 수 있을까. 마지막 작품 「끝에서 시작으로」는 바로 그 순간을 포착한다.

4. 예술이 존재가 되는 시간

첫 작품 「지극함을 위하여」에서부터 주요 인물들은 각자의 자기 세계를 옥죄는 현실 조건이나 인간관계 속에서 희로애락에 빠지고 고뇌에 휘청여왔다. 그럼에도 결정적인 순간에는 예술에 대한 순수한 열정으로 흔들리는 스스로를 다잡았고, 자신의 틀을 깨어내며 존재의 근원을 향해 나아가기를 멈추지 않았다. 이로써 이들이 보여준 예술로서의 삶 혹은 삶으로서의 예술은 "지구를 귤 하나 크기의 아름다움으로 어루만지는 것"(96쪽)을 가능하게 하는 각성된 의식에까지 이르렀다. 연작의 마지막을 장식하고 있는 작품 「끝에서 시작으로」는 이 지점을 '후'의 춤으로 포착하고 있다.

작품은 여러 페이지에 걸쳐 '후'가 무용단원들과 함께 바렐시아의 광장에서 추는 춤을 공들여 형상화한다. 전쟁으로 인해 폐허로 변한 '바렐시아'의 한 광장에서 무대도 음악도 관객도 없이 오직 "사라지는 공간을 향해"(196쪽) 추는 무용단의 춤은 통상적으로 무용수나 관객이 기대하는 무대 위의 춤이 아닌, 춤 너머의 춤이며 예술 너머의 예술이다. '후'는 아무런 부대 장비 없이 오직 공간이 뿜어내는 에너지와 미처 언어화되지 않은 역사, 기억의 숨결에 공명하며 비로소 만들어지는 춤을 이어간다. 그 과정에서 오직 폐허일 뿐이었던 광장의 바닥은 "누군가의 발길을 오래 기다려온 것"(203쪽) 같은 기운을 무용수들에게 뿜어내고, 이에 감응한 무용수들은 "오래 잠들어 있다 서서히 몸을 일으키는 기척이 감돌"(203쪽)고 있음을 알아챈다. 이렇게 시작되는 '후'와 무용수들의 움직임은 광장을 폐허가 아니라 "기억이 몸을 빌려 다시 숨 쉬는 자리"(204쪽)로 바꿔낸다. '후'에 의해 이 공간은 앞서 '로'가 각성했듯 '숨결을 품은 시간'으로 존재하게 되고, 잠들어 있던 생명력을 회복한 것이다. 그러자 광장에 남아 무기력하게 있던 마을 사람들이 무용수들의 움직임에 호응하면서 그 움직임을 이끌기도 하고 이어받기도 한다. 무용수들과 마을 사람들이 즉흥에서 만들어내는 이 춤은 전쟁 포화에 생명력을 잃은 광장은 물론, 무기력하게 있던 사람들의 몸과 마음도 살아나게 만든 것이다.

> 누군가는 손을 올렸고, 다른 이는 발끝을 움직였다. 정적은 깨졌고, 광장은 다시 살아나고 있었다. 물결처럼 진동하며 생명처럼 숨 쉬었다. 그것은 단순한 동작이 아니었다. 폐허가 다시 살아나는 첫 호흡이었다. 작은 손뼉이 울렸다. (중략) 박수는 리듬이 되었고, 리듬은 퍼져나갔다. 먼지와 빛, 숨결과 기억이 하나의 흐름으로 엮이며 광장은 다시 깨어났다. 이제 광장은, 모두의 몸이 모여 만들어낸 하나의 춤이 되고 있었다.(210-211쪽)

이처럼 무대와 일상의 장소가 구분될 필요가 없는 삶으로의 예술을 실천한 '후'에게 이제 춤은 그 어떤 한계도 제한도 없는 유연한 흐름으로 진화했다. 그래서 폐허였던 광장을 예술하는 무대로 만들 수 있었던 것이다. 그렇게 예술의 무대가 됨으로써 그저 폐허일 뿐이었던 곳은 먼 과거의 기억을 끄집어 올리고 의미를 찾지 못하고 죽어있던 사람들의 의식을 일깨웠다. 삶과 예술이 서로를 강력하게 필요로 하며 어우러진 바로 그 순간에 표출된 현재로서의 춤사위는 시공간의 경계나 현실적 한계를 뛰어넘어 존재 본연의 의미와 가치를 드러낼 수 있게 하는 힘을 창조했다. 예술로 펴 올린 새로운 가능성이 이 춤으로 형상화된 것이다. 이후로 '후'가 이 바렐시아에서의 춤을 미륵사지 석탑 앞에서도, 그리고 '로'의 그림 '태초' 앞에서도 이어가는 것은 그녀의 예술이 삶과 혼연일체 되었음을 의미한다고 하겠다.

작품집의 첫 시작을 열었던 '후'의 춤이 지극한 예술의 경지를 응축해 보여주었다면, 작품집의 말미를 장식한 '후'의 이 춤은 그 응축된 예술세계를 구체적 삶과 역사적 흐름 속에 풀어놓았다. 잊힘으로 영원해질 이 '후'의 춤은 예술가의 존재 증명이자 존재하는 모든 것들의 영원한 기억으로 도도히 흘러갈 것이다.

인터넷 기반 미디어가 일상 전반에 퍼지고 인공지능이 급속도로 사람들의 의식을 장악하고 있는 요즘이다. 이 변화 속에서 사람들의 구체적인 체험은 지속적으로 상실되고 있고, 인간 사이에 벌어지는 많은 사연들은 화면 너머의 구경거리로 변했다. 결과물만 산출되면 만사형통이라는 식의 생각들은 인공지능이 직조한 문장에 대해 문학이라 부르기를 허락하는 추세다. 하 수상한 상황 속에서 삶과 예술이 만들어가는 흔적과 흐름의 결을 이토록 치열하게 탐색하고 있는 전미홍의 작품세계는 인간을 인간이게 하는 것이 무엇이며 또 무엇이어야 하는지, 또한 예술을 예술이게 하는 것이 무엇이며 또 무엇이어야 하는지에 대한 근본적인 질문들을 떠올리게 한다는 점에서 많은 의미를 갖는다.

이 해설에 담지 못한 더 많은 요소들이 이 작품집 속에는 가득하다. 이 책이 더욱 다양한 결로 두루 읽히고, 읽는 이로 하여금 새로운 흐름을 열게 하는 빛나는 흔적이 되기를 기원한다.

흐름 속에서 마주친 응답

이 책은 빠르게 읽히지 않습니다.
이 책은 느리게 흔들려야 합니다.
당신의 몸이 먼저 반응할 때,
이 책은 비로소 시작됩니다.

이 연작은 춤을 중심에 두고 있지만, 궁극적으로는 우리가 공간과 시간 속에서 어떻게 살아가야 하는가를 묻는 여정입니다. 내가 그리려 한 것은 예술이 아니라, 흔들림 그 자체였습니다—움직이는 사람과 공간, 그리고 움직임을 통해 다시 살아나는 시간의 궤도. 이 책이 말하는 '지극함'은 감정의 고양이 아니라, 구조를 통과하며 일어나는 흔들림 속에서 더 이상 흔들리지 않으려 애쓰지 않아도 되는 그런 상태입니다.

창작인으로서, 나는 예술가들의 눈을 통해 바라본 현실과 관계, 그리고 그들이 다다르려는 세계를 담아내고 싶었습니다. 그 글쓰기의 씨앗은 어느 날 내 안에 은밀히 뿌려졌고, 이후 가지는 의도한 쪽으로, 때로는 뜻밖의 방향으로 자라났습니다. 움조차 틔우지 않는 날에는, 그 잿빛 열망을 바라보며 감각만을 따라 묵묵히 써내려갔습니다.

디, 로, 후—이 세 인물은 우연히 떠오른 이름이 아닙니다. 어느 날 '디'라는 이름이 혀끝에 맴돌더니, 곧 '로'를 불러왔고, 로는 마치 잊고 있던 조각을 되찾듯 '후'를 데려왔습니다. 그렇게 자연스레 기억과 윤리, 예술과 존재를 탐색하는 삼각의 구도가 자리 잡았습니다. 그들은 감정의 침투를 견디고, 윤리적 질문을 던지며 각자의 방식으로 지극함을 추구했습니다. 끝자락까지 내달린 그들은, 다시 시작을 향해 조용히 몸을 돌렸습니다.

지난 작품들이 내면의 무질서한 토로에 가까웠다면, 이번 소설은 오롯한 창작의 결실이라 할 수 있습니다. 그동안의 글쓰기와 발화의 흔적을 되짚어보면, 그 중심에는 늘 '기억'이 있었습니다. 이번 연작 역시 '기억'을 토대로 엮였지만, '시간'을 쓰고자 했던 철학적 욕망과 '흐름'을 개념화하려는 시도가 좀 더 구조화된 방식으로 구현되었다는 점에서 전작들과 분명한 차이를 갖습니다.

연작을 준비하며 두 가지 질문과 마주했습니다. 하나는 왜 쓰는가. 필요 때문인가, 당위 때문인가. 이 오래된 근본적인 질문 앞에서, 이번에도 명확한 답을 내리지 못했습니다. 그저, 쓰는 사람이기에 쓸 수밖에 없었습니다.

그 가운데 단 하나만은 선명하게 와닿았습니다—누구에게든 선한 영향력을 건넬 수 있는 작가가 되고 싶다는 것. 내가 글을 쓸 수 있었던 건, 분명 그런 문인이 먼저 내게 다가와 주었기 때문입니다. 그가 내게 건넨 문장 하나, 시선 하나가 내 안의 결을 바꾸어 놓았고, 내가 좇으려 했던 세계의 방향을 조금 더 선명하게 밝혀주었으니까요.

또 하나의 질문은, 지금의 이 행위가 과거의 반복인가, 아니면 이전과는 다른 감각으로 처음의 흐름을 다시 이어가고 있는가였습니다. 이 물음은 까맣게 잊고 있던 누군가의 말을 떠올리게 했습니다. “우린 결국 잊히지 않기 위해 움직이는 거 아닐까요.” 그 한 문장이 ‘기억하기 위한 움직임’과 ‘기록되지 않은 몸의 언어’에 대한 사유를 이끌었고, 지금 이 여섯 편은 그 흐름 속에서 마주친 하나의 응답입니다.

되돌아보면 참 많은 이들에게 마음의 빚을 졌습니다. 그 빚은 이 책의 문장마다 고요히 스며 있습니다. 게으른 작가를 멈추지 않도록 지지해 준 부산문화재단, 지난날 집필실을 제공해 주었던 백련재 문학의 집과 연희문학창작촌, 변함 없이 함께 걸어준 문우들, 늘 따뜻한 눈길을 보내준 가족과 지인, 해설을 맡아주신 이희원 평론가와 전망 출판사에도 깊이 감사드립니다.

2025년 가을에 전미홍

지극함을 위하여

: 끝에서 시작으로

1판 1쇄 펴낸날 2025년 12월 10일

지은이 전미홍
펴낸이 서정원
펴낸곳 도서출판 전망
주소 48931 부산광역시 중구 해관로 55(201호)
전화 051) 466-2006
팩스 051) 441-4445
이메일 jmw441@hanmail.net
출판등록 제1992-000005호

ISBN 978-89-7973-658-8
값 17,000원

부산광역시 BUSAN METROPOLITAN CITY 부산문화재단 BUSAN CULTURAL FOUNDATION

* 이 책은 2025년 부산광역시, 부산문화재단 <부산문화예술지원사업>으로 지원을 받았습니다.